catch

catch your eyes ; catch your heart ; catch your mind······

catch 130 我們在此撤離，只留下光

作者：廖偉棠
責任編輯：徐淑卿
美術編輯：謝富智
法律顧問：全理法律事務所董安丹律師
出版者：大塊文化出版股份有限公司
台北市105南京東路四段25號11樓
www.locuspublishing.com

讀者服務專線：0800-006689
TEL：(02) 8712-3898
FAX：(02) 8712-3897
郵撥帳號：18955675
戶名：大塊文化出版股份有限公司
總經銷：大和書報圖書股份有限公司
地址：台北縣五股工業區五工五路2號
TEL：(02) 8990-2588　8990-2568 (代表號)
FAX：(02) 2990-1658　2990-1628
製版：瑞豐實業股份有限公司
初版一刷：2007年5月
定價：新台幣280元

Printed in Taiwan

我們在此撤離，只留下光

奧運前夕的北京　　廖偉棠　著

目錄

北京波希米亞人物譜

BLOW UP 北京

自序

前奧運時代北京說的不是現在，現在已經是準奧運時代的北京了，四周工地的轟隆隆、樓盤店鋪的日日翻新、環路上加速運轉……這些都只是感性體驗、直覺刺激，更深處是大國意識進一步張揚、美麗新世界每天反覆在我們腦海中綻放她的預覽數碼景象。日日新，苟日新，乃是目前的主旋律，相信2008年到來時，北京會全部脫胎換骨一番。

我矛盾，是一個懷舊的革命者，不欲對更新者微詞，卻暗自眷戀那個老北京。要說老，也不是多久之前的事。我所懷念的只是1996至2002年。彼時猶見胡同落日圓，晚風或晨光中人們腳步尚算悠閒。而對我來說最重要的，是彼時藝術和文學的地下狀態：藝術尚未完全生意化、詩人尚未開始給房地產商作秀、樹村仍然存在、楊一天天在美術館前賣唱、胡嗎個還在錄那湖北口音的歌謠、我們還有時間和力氣去未名湖打雪仗……

前奧運時代，一切未見規整，除了發財一切都有可能。準奧運時代，資金來了，給了我們飯吃，同時告訴我們什麼是遊戲、什麼是規則。

當然，一切都是未知的。後奧運時代的來臨我也一點都不擔心，只要北京沒有被全球化的偽城市美學所同一（被同一的往往是沒有生氣的新城市，而真正的大都市像巴黎、香港、紐約都是混雜和獨特的），也許以後有新的北京之怪、狂、逸、亂，讓十年後、百年後的作者也懷舊眷戀一番，那也不是沒有可能的事。

北京在別處

面　　　　　朝　　　　　大　　　　　海

今天是海子的忌日。十四年了。

「今天，我只願面朝大海，春暖花開」這句海子的詩，如今已經跟北島的「卑鄙是卑鄙者的通行證，高尚是高尚者的墓誌銘」，還有顧城「黑夜給了我黑色的眼睛，我卻用它來尋找光明」一樣為大陸的文學愛好者耳熟能詳。顧城和北島的詩分別象徵了他們那個時代人們倔強的樂觀主義和鋒利的懷疑主義精神，而海子，卻象徵著純潔的一代人（80－89）面對即將滔天而來的「準資本主義社會」最後的負隅頑抗。他理想、純真的詩句，後來被人稱為「前農業社會的最後輓歌」，這個冠冕，也曾被加在海子最景仰的德國詩人荷爾德林和俄羅斯詩人葉賽寧頭上。

海子，也許是二十世紀世界詩歌的最後一位天才，他的命運甚至神秘地和時代的暴風雨重合：1989年3月26日，中國如履薄冰，潛龍即將驚蟄，25歲的詩人在山海關臥軌自殺。正如1989年之於中國當代史的意義一樣，海子的死，也象徵了一個火熱的文學時代的極端和終結。一個理想主義的社會，因為破滅從此走向功利；形而上的詩歌，因為破滅從此走向形而下。社會因為功利而富裕，詩歌因為形而下走向兩端：利者為詩歌的充實、明晰，弊者則為瑣碎甚至鄙俗。

海子去後，詩人如星隕，彷彿與時代中精神之凋零同步。5月，海子的好友駱一禾猝死於廣場；91年，戈麥自沉萬泉河；93年，顧城謝燁死於紐西蘭。在一個習慣把一切傑出的人物神化的國家，他們也被輕易神化（顧城例外，他更大的是被妖魔化），海子的詩成為89後初期一眾詩歌青年的拷貝原件，拷貝詩歌不成的人就直接拷貝生活之悲劇，而悲劇因為拙劣模仿就近乎鬧劇。以至後來，新的一批有志於詩的人談海子色變，因為「假海子」太泛濫了，海子本身所給予中國當代詩歌的陰影過於沈重，要另開生天甚至只能逆其道而行。

這個時代是狡詐的，它讓你成為它開幕的犧牲品以後，又會把你祭為圖騰（比如切・格瓦拉所遭遇）。這兩年的房地產廣告詞，繼海德格的「人，詩意地棲居於這片大地之上」，被用得最濫的就是海子的這句「面朝大海，春暖花開」了（因為現今的許多廣告人，都曾是當年的詩歌愛好者）。有天我走過一間大型時裝專賣店，赫然發現它所有標價牌上，都印著一句「面朝大海，春暖花開」。

死後再被這個世界輕薄一次，這才是死者最大的悲哀。

北 京 新 攝 影 ： 一 個 異 鄉 人 的 私 密 圖 景

正如上個世紀初大詩人龐德（Ezra Pound）所說：「在羅馬，你找不到羅馬。」現在我們也可以說：「在北京，你找不到北京。」一個眞正意義的大都市，其文化基本上是一種「異鄉人」文化，羅馬、紐約、巴黎如此，北京亦然。這種異鄉感不但指向現實上由大量「京漂」者構成的藝術圈子，而是一種普遍的「無以爲家」的情緒。現代城市中，人已經根本無所謂擁有「家園」，北京的「異鄉人」既包括住在樹村和宋莊的外地藝術家，也包括跑來跑去的小說家王朔、詩人黑大春、導演姜文等這些「當地人」。

而攝影，這機械複製時代的藝術，也許因爲其「機械」其「複製」，意外地暗合了這種「異鄉人」的荒誕：懷藏照相機的人像幽靈遊走於筆直空曠的大街或迷宮般的胡同，世界如走馬燈流過，菲林逐格複製之，攝影者則掙扎著意圖從層層相疊、相生的現實／超現實中尋找、分辨自己的面孔。世界從鏡頭前漸漸推遠，它告訴努力接近它的攝影者──它從來就是它者、不可接近，拒絕剖析。於是，攝影師在那個沒有自己的影像中，更成爲一個「異鄉人」──其「異」猶接近於空無。

在北京，我們的空無更加耀眼，又也許因爲陽光燦爛的緣故，在你凝視北京的時候，會不禁一陣眩暈。到底這個「他城」何時才會成爲「我城」？我想就算居委會的大爺們大媽們同意了，小胡同們和大宅門們都未必同意。日本的荒木經惟把自己的東京攝影集子有一本叫做《東京日和》，「日和」意若「晴朗」，東京時有晴天，陽光下荒木的人形都像在拍能劇電影。而北京，則天晴得也讓人懷疑那天空那城市是假的，也是電影的布景。

但「哪裡有危險，哪裡就有救」。北京以它自己的方式提供了作為異鄉人的攝影家津津沉迷於其中的另一個北京。這另一個北京當然不是「天安門上太陽升」的那個公共模式化的那個北京，它更像是六十年代詩人食指所云「四點零八分的北京」那麼私人，脫離於他詩中那眾手揮舞成海洋的那個時代，現在，「北京」意味什麼，我們有千萬個答案。

在這裡，機械複製的時代被機械複製的藝術反諷著、瓦解著。當然這城市之奇妙正在於其自己瓦解著自己，以其千年來自相矛盾的歷史之細枝末節，它正如一巨大拼圖，合起來，七寶樓臺，拆散成一億份，亦各成片段。攝影師之功乃助其一臂之力而已，他從碎片中揀出碎片，琢磨、顯影，或者不假思索就曝了光，碎片本身放大成為圖像──北京的圖像因此永遠是片段，充滿了分散的構圖、意外的細節；碎片重重疊疊又成新的碎片──機械複製的過程走了樣，北京的圖像因此在繁複中若隱若現，如黃昏護城河上一朵晚蓮。

這圖像太矛盾了，它的每一個特質都在反對和含混著自己，它既是真實又是虛構，它既空白又混亂，它既清晰又虛晃，既集中又分散，既沉重又輕盈，愉悅又感傷。關鍵是它既屬於公眾（那過分地大的公眾）又屬於私人（那極端隱秘、難以啓齒的私人）。如此五味交陳，那個嗜好奇特的異鄉人，正好可以把它置之於囊中，不時把玩，咀嚼細嚐。北京近年有幾個青年攝影師，不滿於充斥視覺媒體中過分的大眾符號化影像──它們正是對他們發現的另一個北京的掩蓋。他們以自己的影像作一個初步的反動──雖然是初步的、片面的，但卻完全是個人的，他們都嘗試描畫：他們心中的「另一個北京、另一個城市」。

北京著名的攝影主題酒吧「這裡」酒吧以前叫「那裡」的時候，老闆（也是攝影師）陳農有句名言：「生活不在別處，就在那裡。」現在似乎可以說：「北京不在別處，就在這裡。」但這個「這裡」，卻因為每個不同的攝影師的鏡頭選擇，而最後變成了私密的、不可定的：「某地」。

從 地 下 走 到 世 界 的 導 演 ── 賈 樟 柯

一代人有一代人在藝術上的總結者，而在這個世紀，時代的總結者往往是電影導演。上一代人有張藝謀，接著是張元、章明，但要尋找能代表生於七十年代人的電影，則非賈樟柯莫屬。七十年代的中國，人們的純潔尚未絕跡，但一下被推向一個毫不純潔的世界面前：八十年代是巨變前夕的精神動盪時代，六四把一切猛然暫停，九十年代以後便是我們出賣自己的時代了。

賈樟柯的電影《站臺》正是這三十年的縮影，敘述了一個小城青年「文藝工作者」的青春，以及青春的淪陷：人如浮冰，隨時代之洪水在春天奔湧，漸漸的被染汙、被融化、被傾砸向堅硬的泥石。《站臺》有點過於象徵化，企圖把三十年間所有主宰過我們的文化符號共冶一爐，相比之下我更喜歡賈樟柯的成名作《小武》，仍是那麼一個被戕害的青春，小偷小武的痛苦似乎和這個國家底層的掙扎綁得更緊，最後被手銬扣在街邊的，彷彿不是小武，而是我們已經遺棄的七十年代。

朋友們私底下叫賈樟柯爲「賈島」（和賈導諧音），但賈樟柯未必如詩人賈島一樣「苦吟」。後來的賈樟柯電影越來越意氣縱橫，從《任逍遙》到現在正在拍攝的《世界》，看名字就知道野心之壯。賈樟柯也越來越爲大眾所知：一部片一部片的被禁、一部片一部片的獲獎、一本本劇本書的出版、甚至他所有電影（包括早年的紀錄片《小山回家》）都有了翻版DVD的流傳——並且暢銷。一如當年的張藝謀，賈樟柯從地下到地上的變化又被好事者譏爲「終南捷徑」，實在眞是冤枉，在當代大陸這樣一個畸形的文化機制環境中，像賈樟柯的電影的遭遇實際上是前衛藝術掙扎求存的唯一途徑。賈樟柯對這種種政治或商業的錯愛也只能抱以苦笑，比如說那大量的翻版DVD吧，賈樟柯也買了不少送朋友——因爲那實在比正版的便宜很多，「符合中國的國情」，再說，又有哪個中國的正版出版社有此慧眼，願意出版這些非主流的電影呢？

賈導現在不知在哪裡拍戲？我最懷念的，還是2001年那個還幾乎完全屬於「地下」的賈導：在2001年10月，第一屆也是最後一屆「中國獨立電影展」，《站臺》一片作爲壓軸，但爲了躲避官方的干涉，放映場地一換再換，最後一天臨時通知從北京電影學院改到郊外的一個汽車電影院放映，十月的北京很冷，那一夜很多人趕來露天看電影，很多人都得了感冒，包括賈樟柯。他坐在銀幕下面，爲《站臺》裡的山西話進行即場的普通話口語翻譯，嗓音越來越沙啞。

流　放　者　的　歸　來

「我看見這一代精英的頭腦被瘋狂毀壞……」美國當代著名「垮掉派」詩人艾倫・金斯堡《嚎叫》開篇之所云，彷彿可以形容八十年代結束九十年代伊始時大陸地下文學界干戈零落、萬馬齊喑的殘局，八十年代末的代表詩人海子和駱一禾已夭逝，其他年輕人因為心內心外的種種原因也三緘其口。更多身分更敏感的人像北島、楊煉、多多、孟浪等都選擇了自我流放——出國去也，當然有躲避麻煩的原因，但也有心靈上的一種自我選擇、自我游離於中心的意義。

海子於一九八九年三月二十六日於山海關臥軌自殺，他的死和隨後而來的「六・四」事件，成了現在人所默認的大陸文學及精神的一個轉折點：以此為界，神話破滅，精神貶值。海子帶著一代人的靈魂流亡到一個純潔的烏托邦去了，但倖存者還要生活，要「活下去，活到底」（柏樺詩句），於是他們紛紛走上了各自的道路，殊途，但未必同歸。

八十年代「老大」北島的道路是相當一帆風順的，出去後，他得過美國的「自由寫作獎」，後來甚至成為了中國第一個獲諾貝爾文獎提名的詩人；高行健當然更幸運，終於在新世紀來臨前以法國人的身分獲得了諾貝爾文學獎；多多，是「朦朧詩」中公認技藝最優勢者，他在八九年六月五日成功逃離北京，到達倫敦時他發表的對政府鎮壓運動的強烈抗議使他再不可能踏上祖國的國土，幾經輾轉，多多終於在荷蘭落戶，和一個漢學家結婚生子，他仍埋頭寫作，現在已經在歐洲多個國家出版了詩集；楊煉也跑了幾十個城市，近年才在倫敦待了下來，但長期流亡的生活已經令他養成了古遊牧民族般的習性，「逐水草而居」，今天你在香港的一個文學會議上遇見他，第二天他已經飛往美國某大學去教授詩歌寫作了；孟浪是最安靜的一個，他去到美國就過著大隱隱於市的生活，作了一個劇院的看守人，閉門讀書近十年，最近才因為婚姻而打算回來香港生活。

十多年過去了，在一個「美麗新世界」的「寬容」下，當年的自我流放者這兩年都有幸多次歸來，北島、楊煉的詩集還又得以出版並且暢銷。但是歸來又何益呢？正如楊煉所說的：回來時的故鄉已成了異鄉。二零零三年的上海也許比一九九零年的倫敦、巴黎更令人無所適從，中國這十年的改變不只是物質上的，國人精神、觀念上的改變才是最令遊子不能適應的，這本來有尤利西斯般英雄意義的「流放者的歸來」卻變得未免有點尷尬和失落。

上個月，我出席了由北京一個藝術中心主辦的關於漂泊與文學的討論會，主講者就是楊煉和劉索拉——當然，他們是最有資格就「漂泊與文學」發言的，劉索拉在八十年代以小說《你別無選擇》轟動全國，被視為一代青年的精神代言人，後來也出走英倫，現在已經是一個世界有名的前衛音樂家。他們一致同意，漂泊異鄉的生活為他們的創作帶來了異質的營養，又幫助他們更清晰地看明白了他們離開的那個「祖國」。日前我又在香港遇到孟浪，他對「祖國」或「異邦」都了無牽掛，「對於一個詩人，只有寫作是他唯一的安身立命之所。」大鬍子孟浪的回答比十年前更加堅定又更從容了。想當年北島離開之時，曾寫下「偌大一個中國，竟然容不下我的一張書桌」之氣言，現在他們想必已經知道：世界本身就是一張廣闊的大書桌。

多少年前，「生活在別處」還是現代主義者們的一句響亮的口號，但新的流放者們已經看清「別處」的虛妄，就像多多在其小說《小羊排》所寫：「我轉身向別處走去，就好像它存在似的。」事實上並不存在一個「別處」，這十年來他們的最大貢獻之一就是滅掉了一個可供消極逃避的精神「別處」。但是精神上的「別處」既滅，現實和空間上的「中心」就像故鄉已成了異鄉，也不復存在了，遊子將何歸之？而這一切的失落是否從反面推動了對一個所謂心靈的中心的追求呢？我在討論會上向楊煉和劉索拉提過這樣的問題，而其實我知道，他們的創作已經替他們作答。

這流放的一代之堅強正在於此，越是無所依傍，他們越是認清了什麼是他們真正的依傍：他們的故鄉就是他們賴以寫作的母語。在許多優秀的作家那裡，語言藝術的發展是強韌地獨立於國界和政治的障礙的。我知道，這一切現實的歸來除了安慰別無太多意義，因為在他們堅持的寫作中，他們早已榮歸。

從溫柔到暴烈：資本主義初級階段的抒情詩人

在四年前我曾寫過一篇名爲〈準資本主義時期的吟遊詩人〉的文章，評述大陸一些寫唱新民謠的歌者，但現在看來，我下的定義要作一定的修正。首先，近幾年大陸社會結構及世風之劇變，已經不是「準資本主義時期」可以形容，其野蠻、其瘋狂、其焦灼不安，非常接近馬克思形容的資本主義初期，也即原始積累時期。而廁身於如此扭曲時代的歌者，再也難以灑脫地「吟遊」，但「抒情」卻成立，而且這一抒情更接近其本意，正如古人定義的：「發憤而抒情」，現今中國的抒情，如果不是建立在對社會不公的激憤、悲憤之上，那就幾乎不成立，因爲那有違於詩人的良心。

然而充當這一發憤抒情之角色的，卻竟不是我們的詩人。「詩可以群、興、怨」之要義，今日的詩人幾乎喪失殆盡，時代只好返回詩歌的源頭去尋找它的代言人。近五年來，在大陸（實際上還包括香港）正是一些在民間、在地下的民歌手、搖滾藝人和實驗音樂家，用他們的歌詞填補了詩歌中因爲詩人懦弱地退讓而留出來的空白，並且因爲他們選擇的直接面向大眾的傳播方式，使他們的發言更鋒利、更有效。

可以說這些地下歌者他們的經歷和生存處境決定了他們的詩歌要和社會密切相關。他們很多人都是從農村出來，隨著「盲流」湧向城市，而又因爲獨立的心而不肯融入所謂「現代化大潮」之中，他們成爲城市的邊緣人，只能靠自己的藝術才華換取僅能維生的一點報酬。但是他們生活得自由而健康，正是因爲他們並非社會之惡的既得利益者，他們得以理直氣壯地反駁這個社會的謬誤。而且，因爲他們無法像學院詩人那樣在象牙塔躲避時代的風浪，他們得以「在江河湖海中暢泳」（布萊希特詩句），深入底層，重新發現本時代特有的愚蠢和堅忍。

一如上世紀初，資本主義剛占領西方世界的時候，敏感的詩人首先唱出的是懷鄉的歌謠，譬如俄羅斯的葉塞寧、英國的哈代，都曾以對消逝的田園生活的歌唱來頑抗資本主義的異化，大陸的歌者最初也一樣唱過溫柔而悲傷的輓歌。來自西北的「野孩子」樂隊也許是最為堅持民謠的鄉土根源性的，那是幾個非常淳樸的蘭州人，在一片浮華的北京音樂圈裡，他們堅持用木吉他、手風琴，唱著他們清新溫暖的民謠。但「野孩子」並非只是一支懷舊的民間樂隊，他們曾經改編演唱了北島最著名的懷疑主義詩篇〈一切〉，也曾把新疆民謠〈嘻奇拉辛卡〉填上新詞：「人說北京的馬路寬，半個小時我到對面，人說北京的姑娘好，可是我沒有戶口還是個窮光蛋。」去年SARS過後，「野孩子」無聲無息地解散了，離開了這個已經不再留戀純樸民謠的城市，回到他們的西北老家採集更原始的音樂，因為那才是根的所在。

北京也許最純粹的流浪歌手楊一，也有鄉愁之歌〈小鎮〉，他在描述了一番故鄉小鎮的美好之後，卻無奈地道出流浪的真相：「古井裡的水還是那麼甘甜，可我已走在他鄉的街道。」楊一的歌師承早期Bob Dylan，木吉他、口風琴加上質樸又銳利的歌詞，控訴或惋惜著中國現實的方方面面。我最欣賞的是他的〈樣樣幹〉，這首充滿反諷的歌謠觸及城市下崗、農民進城、移民打工等嚴峻的社會問題，你看「招工廣告貼站牌／貼得站名也看不清／反正你我都不知道上哪兒去呀！／走一步，算一步／隨著上，隨著下／樹林大來好安身／郊區北京大本營／自從革命成功的那天起／就已證明了還是農民兄弟的力量大」「美國的人有點懶／我們正好找活幹／打雜工，聽使喚／賣肉彈，洗飯碗／樣樣幹！……／說是人生地不熟／到處都有咱弟兄／從加州到紐約／勞動的旗幟楞松楞松地飄」人民的耐力和盲目、可敬和可悲皆表露無遺。

另一個從鄉村來到城市的歌者代表是胡嗎個，他的鄉愁已經變味，像講盲流的〈部分土豆進城〉描述了城市的種種「美好景象」之後他只能反覆抱歉：「可是我的外地口音啊！」。他出版的第一張專輯〈人人都有個小板凳，我的不帶入二十一世紀〉充滿了古怪的魅力，首先是他暢快怪調的木吉他和帶濃鬱湖北口音的吟唱，一派滿不在乎的吉普賽人勁頭。其歌詞以調侃現今中國滑稽（尷尬）現實為主，然不流於輕薄，他描寫城鄉混合所帶來的混亂失措，描寫城市青年在消費社會的茫然失落，像〈有人從背後拍我的肩膀〉中精彩的幾句概括：「穿越城市，我和我肩上那個六十年代流行的頭／不表示我招搖過市／只是我快不起來也停不下來了。」

驟雨一般的「木推瓜」樂隊象徵了更年輕一代的暴烈，這支去年已解散的樂隊，曾是前兩年地下音樂中的頂尖名牌，樂隊的風格比他們的名字還要古怪：那是一支混合了西洋歌劇的誇張舞臺感、社會主義民間歌曲的熱烈、八十年代詩歌的批判精神和主唱宋雨喆個人的神經質的馬戲團式樂隊。他們的名曲〈鋼鐵是怎樣沒有煉成的〉唱出了一個「鐵渣時代」的青年的悲哀：「革命洶湧得像波浪啊，狂風刮到鼻子上，我們喊著口號打倒它，結果嗅錯了風向」。

「左小祖咒」是這幾年大陸新音樂最響亮的名字，他是一個溫柔和暴烈的矛盾綜合體。「左小祖咒」並不是「詛咒」，雖然他早期的歌曲是有著詛咒的味道。從〈走失的主人〉到〈廟會之旅〉到現在的〈我不能悲傷地坐在你身旁〉，左小祖咒完成了從一個單純的Post-Punk到一個實驗音樂家的轉變，他野獸式的野蠻、Tom Waits式的憂鬱、馬戲團魔術師般的虛偽……都顯得和中國當代藝術有點格格不入，但是卻構成了左小祖咒的魅力的全部。左小祖咒的歌詞有著同代搖滾人嚴重缺乏的自我反諷能力和懷疑精神，他關於青年古怪的欲望和新興中國的尷尬有絕妙的說法，縱是刺耳，我們也得掩著耳朵聽下去。譬如〈弟弟〉所寫一代人價值觀的改變，最後以荒誕的悲壯結束：「弟弟帶著他的女人整日轉悠在名利場上打著哈哈／弟弟的女人在故宮作了一個行為表演／扒光了衣服縫合她的陰唇又撒了一泡尿／弟弟在失去性的愛情之後，弟弟／在城郊買了一塊兩公頃的魚塘養起了王八／弟弟醉倒在魚塘的那天身上爬滿了王八／弟弟死的那天身上爬滿了王八」，而〈代表〉是一首出色的舉重若輕的政治詩，值得在最後全文引用：

代表

拉考夫說葉利欽下臺了在2000年的前一天
「關你什麼事呀，最多讓鄙視他的人的希望落空。」
「是啊，這沒什麼了不起，最多是一個拉考夫他們國家的事。」
他就這樣地把我們當作他的敵人
他已熟練地掌握了世界
和你們不同

強尼說科林頓在十個月後他就不幹了
「你怎麼知道這個消息的，你是他什麼人！」
「克林頓是我的舅舅，我舅媽跟他的情婦達成協議。」
他就這樣地把我們當作他的敵人
他已熟練地掌握了世界
和你們不同

他們問我江澤民什麼時候也能像葉利欽那樣
「我給你江澤民同志的電話號碼你去問他
那是他的事跟我沒關係，我自己還有很多事要忙。」
我就這樣地把他們當作他的敵人
我已熟練地掌握了世界
和你們不同

你看著我我看著你他望著你的嘴巴像猴一樣
我們相互擁抱相互親吻不怕了天下一家
不用去考慮將會由誰來操縱這世界，隨便吧
我們就這樣地高高掛起了燈籠
我們已熟練地掌握了世界
和任何人不同

「觀念」革命，尚未成功──從劉錚的觀念攝影說起

在大陸，或者大陸藝術所代表的「中國藝術」範圍內，「觀念攝影」這個詞長期被行為藝術家、概念藝術家等非攝影專業的人所佔有和利用，以致於在許多名為「新攝影」、「中國當代攝影」等展覽和出版物裡，作為前衛攝影家代表的，往往是使用攝影作為視覺藝術記錄或媒介的非攝影視覺藝術家。在許多作品中，攝影是最不重要的，攝影內的事件占據了作品的全部意義，因此根本算不上「攝影藝術」，僅僅是以照相機輔助進行的藝術而已。

這兩年，一些有實驗野心的攝影家不甘自己的領域受侵略，開始用大規模的作品進行反擊，並試圖從自己的角度闡釋「觀念攝影」之意義。他們大多數人都是從自己原來所熟悉的寫實攝影出發進行謹慎的向「觀念攝影」的偏離，比如黑明以檔案全身像形式拍攝的少林僧人、宋朝以時尚布光方式拍攝的山西礦工，都是近來比較有影響的，但是無論他們怎樣刻意含混現實和觀念的界限，他們的作品嚴格說來仍然屬於寫實紀錄攝影，或者說：「造作的」紀錄攝影。

中國現今在基本意義上能稱得上觀念攝影家的人，劉錚是最成熟的一個。他也是最早從攝影本體上提出和實驗「觀念攝影」的人，在他最成功的一部分作品中，攝影獨立於「藝術」，也獨立於「紀錄」，完全從屬於攝影自身的價值觀：它的魅力只能以其作爲攝影所帶來的力量來顯示和闡釋。

近日來北京藝術活動最令人震撼的一個展覽，正是由劉錚帶來。作爲上個月「大山子藝術節」的重頭項目，劉錚的攝影展《革命》是唯一一個被強迫暫停的展覽（壓力也許不是直接來自官方，但誰都知道其題材之敏感可能招致的後果），直到月底，《革命》才幾乎是作爲藝術節的壓軸戲重新開展。

《革命》比劉錚過去每一組作品都更具有表面的震懾，我和大多數觀眾一樣在第一次看到這些影像時感到不安、暈眩和惶惑。那些巨大尺寸的人物組照，題材全部來自中國歷史，而且主要來自近代「革命」史（劉錚的另一組作品《四美圖》混雜其間，既沒有增加也沒有抵銷多少其意義）：國共內戰的戰場一角、白色恐怖中的刑場、日本兵和被強姦的中國民女、長征路上的革命青年夫婦等等，大都強調其殘酷或含有病態欲望的一面。但這些歷史畫面是完全依照劉錚的主觀意願從所謂眞實的歷史文本中片面抽離出來、重新導演、以劉錚的風格呈現爲懸空的影像，並且通過許多奇異的細節暗示反對和調侃著原本的歷史判斷。僅從「觀念」這一角度去評論，劉錚這組作品是非常成功的，他通過刻意的視覺說服力，強烈地質疑了在中國（或者現今世界）被主流意識形態定型了、甚至篡改了的歷史，和被模式化了的「革命精神」。說這組作品是中國觀念攝影最成熟之作毫不爲過：在此，「觀念」對攝影的主宰登峰造極。

但是問題正出於此。經過反覆審視、反思之後，《革命》開始令我失望、甚至反感。「觀念」充溢於畫面的每個角落，但攝影何存？稍後我讀到攝影評論家李江樹不無誇張的一篇對劉錚的評論，裡面有一句誇讚的話：「（劉錚的）觀念比生命更偉大──那些關於祖國的觀念、人類的觀念、宗教的觀念、自由的觀念」。這句話正好用來質疑「觀念攝影」：可能嗎？觀念比生命更偉大？

在《革命》中劉錚失去了克制，在每幅作品裡他都迫不及待地張揚其觀念，而所謂人、歷史、情感都被抽象成為其演繹觀念的符號，這種操作方式是很成問題的。小則我們可以聯想到時尚雜誌的照片，它正是通過符號化模特兒和時尚物件來推銷其消費和享樂主義觀念的；大則我們可以聯想到劉錚要通過《革命》來反諷的主流意識形態，後者的宣傳攝影、宣傳畫所採取的導演方式其實和劉錚的導演方式相同，只不過劉強調的是殘酷、陰暗和欲望，主流意識形態強調的是勇敢、燦爛和崇高精神，硬幣被虛構的兩個面被同一束光照亮，暴露的只有導演者的一廂情願。以敵人的方式進行的對敵人的「革命」，又何嘗不是對敵人的行為邏輯的認同呢？這樣看來，即便取得了成功，又何以為繼呢？他所依賴的方式難保不使他「蛻變」（也許被說成「進步」）為他曾經的敵人。

回到攝影本身，攝影者對攝影強加的「觀念」其實遠遠比不上攝影行爲和作品自身傳達的觀念之複雜和曖昧。我非常欣賞劉錚在《革命》前的一組大型作品《國人》，那是劉在中國各地數年的漫遊的成果，窮人富人、殘缺者、自滿者、邊緣人、主流人都被他冷酷地拍攝下來，眞實到觸目驚心的畫面，帶來的卻是荒誕的超現實和黑色幽默，最形而下的生存記錄卻令人產生最形而上的痛苦。這種由現實出發的超現實，成爲了日後許多中國實驗攝影師的選擇，但沒有人比劉錚做得更深刻更好。

現實其荒誕，往往超越超現實主義者的想像力。在《國人》裡一個富人的笑臉所包含的全部社會學、心理學、政治學意義，是《革命》中任何努力的導演都無法達到的，因爲前者就是現實之荒誕、之曖昧、之尷尬、之晦澀本身。那裡面如果有觀念的話，那是世界呈現給我們的，最無以名狀的又最令人心有戚戚焉的「觀念」。

如果有眞正的觀念攝影的話，像杉本博司（Sugimoto Hiroshi）這樣的攝影才能算得上：他的大海、電影院、標本自身傳達著無比博大的空間之觀念、時間之觀念，攝影者本人的觀念只作爲一個導引存在，而不是凌駕於其上。這需要完全的對世界的謙虛、耐心和冷靜。我希望，劉錚等觀念攝影家們能從「革命」的喧囂中沉下心來，進行一場難度更高的內心革命。

再　　　造　　　7　　　9　　　8　　　廠

上週末，帶著黑人模特Shaan去大山子的798廠，為一本雜誌的「視覺身體」欄目拍攝一組裸體作品。我們去到工廠中部一個已經被改建為雕塑家工作室的廠區，很多作廢的人像雕塑棄置在路邊、門外、重工業機器管道旁。Shaan脫光了衣服，毫無顧忌地在一群人像雕塑之間活動，我需要的就是他和假人之間真真幻幻的關係。舊工廠的路上依舊人來人往，他們對我們的拍攝等閒視之，沒人的腳步為之稍停，這和北京人好看熱鬧的習性大不相同，只有一個騎車的老大爺回頭對我們微笑。

因為798廠的工人同志們對所謂「現代藝術」早已見怪不怪。798廠原來是北京大山子區一個非常重要的重工業工廠，占地廣闊，後來因為經營不善而開始把閒置的許多廠房出讓，但是一般的房地產商沒有眼光，喜歡上798廠的都是些藝術家們。798廠當年由東德的專家協助設計，所以殘留了大量戰前的包浩斯風格，再混雜當時流行的蘇聯大建築風格，所以一般都高闊大氣、線條俐落、採光明亮，而且在簡約的外表內往往藏著多變的結構。這一切都很符合現下外國流行的「倉庫生活」美學，因此最先進駐798廠的都是那些最跟得上時尚的人，像小說家劉索拉、媒體人洪晃、畫廊主人冰冰等。隨之進來的是需要大而廉價的工作室的藝術家們，但經濟問題也許是他們的藉口，他們更喜歡那裡的氣氛和媒體對一個新形成的藝術村落的關注熱心。再隨之而來當然是「商機」，先是畫廊，後是酒吧餐廳，這些藝術時尚的衍生商品紛紛出現，現在的798廠，已經完全成為京城繼三里屯、後海之後又一大熱點。

最有意思的仍然是工廠和藝術的關係，或是工人和藝術家的關係。《南方周末》對798廠工人做的一則採訪很有意思，記者問工人怎麼看這些藝術家，工人說：「他們也是勞動者嘛，我們很理解他們的勞動。」而且工人們常常被邀參觀藝術活動，他們會對藝術家力求「純粹」和「後現代」的作品作出現實主義的還原解讀，雖然結果可能會令藝術家啼笑皆非，但卻為「藝術」加添了另一種新鮮的視覺，這種視覺，一不小心就會戳穿很多偽藝術的故弄玄虛。

藝術家熱衷於和他們俯視的「底層」發生關係，且往往美其名為關心。所以在798廠或別的藝術地區進行的大型藝術活動，都會雇傭工人或民工參與，其實說穿了還是因為其廉價的工資。而藝術家又可以利用此便利，在媒體前表演一番對工人的藝術教育，用懸空的術語來說服人民他們是在為藝術犧牲，這樣雙方的心理都得以安慰。工人可以參與藝術，卻不可以參與藝術家和富人們的酒會。

的確，可以再造一個798，把現實再粉飾一遍，但人呢？在虛偽中狂歡的人或者在真實中痛苦的人都不可能再造。兩年後，798會被收回，藝術家繼續換個地方逍遙，工人們繼續忍受下崗前途。

北 京 詩 人 地 圖

讓我們從北京最北面開始,一個叫昌平的小縣一度是中國詩歌的朝聖地,因爲九十年代最天才的詩人海子曾孤獨地生活和寫作於此,不被所謂的詩歌圈理解,在昌平政法大學教美學,悄無聲息地寫了無數具有驚人能量的詩篇,最後暴烈地死去──就在昌平以北的山海關臥軌。此後多年,這裡都是外地來京文學青年前來憑弔他們八十年代詩歌理想的地方。

稍往南是上苑村,那裡「隱居」著兩個「老大」級的詩人孫文波和王家新,和他們的一些畫家朋友。兩者分別因爲提倡敘事寫作和知識分子寫作而對當代中國詩歌有很大的影響力。現在他們深居簡出,寫著他們鄉間的日常生活或對文本世界的幻想,觀察蜘蛛或同情一條狗的孤獨,彷彿返拙歸眞,貼近人民。其實無所謂「貼近」,正如孫文波〈上苑組詩〉所寫:「在上苑,人民就是申偉光、王家新和我」。

上苑之西,北京的西北面,香山曾經是圓明園後又一個藝術家村,後來大家紛紛搬到東面去了,剩下年青詩人王煒和渣巴共住一個院子,接著王煒南遷,渣巴還留在香山,畫他充斥著模糊肉體的油畫,寫著他深受現代藝術影響的詩。我每次去香山都會約上他,循一秘密通道潛入他的「後花園」北京植物園,到櫻桃溝或曹雪芹故居喝酒,順路造訪梁啓超或穆旦之墓,無不風流。

王煒遷居香山以南的百望山腳，最近正在裝修新房。他的詩歌和現代建築的關係密切，追求一種和空間呼應的環境地理學式的詩歌，就像美國六十年代黑山派詩人的努力。王煒的鄰近：西苑住著姜濤，北京大學的重要詩人，也是著名的「帥哥」，相貌類似青年高倉健。姜濤的詩原來是學院派寫作的典範，演示著九十年代盛行的日常敘事和晦澀的內心獨白，最近詩風突變，轉向泰特‧休斯晚年〈生日信〉生活懺悔式的真實直白，又加上美國自白派詩人洛厄爾式的辛酸調侃，甚是鮮活又沉痛。

再往南是北京大學，這重要的詩人生產地原來的盛況現在稍顯冷落，最能活動的青年詩人胡續冬被邀往巴西某大學交換講學，他主持的著名文學網站「文學自由壇」也將消失，缺乏了這麼有趣的一個人和熱鬧的「蒲點」，難說北京還有沒有那麼多的文學聚會和話題，不過也好，現在大家都知道寫作是應該個人進行的，需要更多的寂寞。還留守北大的有臧棣和冷霜，前者已經漸漸成為新一代的教父或旗手式人物，詩歌也越來越出神入化，令人莫測其所云。冷霜停筆好幾年了，卻一直在深入反思最核心的詩歌問題，每次和他在北大附近喝酒談詩，都對我大有啟發。他的思考誠懇實在，相信日後發為詩必定厚重明晰。

我和曹疏影住在北大南門外，海淀圖書城後。來自我們北邊濃厚的詩歌氣壓對我們其實影響不大，真正影響我們詩歌的是海淀、中關村這樣的多層面新開發區的繁雜人文，它迫使我們寫作更粗礪和開放的詩，同時讓我們聽著永不停歇的工地噪音時警醒自己安靜，更安靜。

北京的南面詩人很少，而且他們大多與世無爭的樣子，所以更容易被沸沸騰騰的詩壇所忽略。但實際上他們很多都是「大內高手」，像住在靠西的萬柳區的雷武鈴，原來北大畢業後到河北大學任教，默默寫了十年詩，深得山野淳樸之氣滋養，使詩風厚實之餘不失靈秀之美。和雷武鈴差不多同屆畢業的詩人、神學家周偉馳住在西南角的八寶山，原來這裡還住了林木、劉國鵬、汪劍釗等年青詩人和翻譯家，他們詩風都傾向新保守主義一脈，注重學習古典，也不好與人來往，所以被戲稱爲「八寶山劍派」。南部偏中住動物園南的成都來京詩人杜力也和他們詩風相像，古氣盎然，但其詩更古奧晦澀，費盡推敲。

北京中部住的兩個神奇人物，一個是前輩車前子，見過老車的人無不被他的風度折服：他長得完全是一個古代江南詩人般清秀，行爲則魏晉隱士般亦靜亦狂。他的詩從八十年代實驗至今，比很多年青詩人還前衛得多。另一個是和「八寶山劍派」過從甚密的席亞兵，詩風沉著綿密，得宋詩硬朗細緻之功，又喜煉奇句，他的不少詩歌都可謂同代詩人中的妙品，但也許因爲他的過於慎重和用心勉強，妨礙它們成爲「神品」。

東面則大不同矣！住的多是年少氣盛的人物。雖然他們的詩歌錘煉得不如前面的詩人細緻老到，但他們卻有更多詩人的神釆。比如說住東四環外十里堡的詩人顏峻，用他的詩、更多用他的行爲來對現實參與，製造影響，他是一個力求自己坐言起行的人，勇於亮出自己的態度，他的詩音樂性強，多以朗誦的形式發表，多少符合了「詩可以群、興、怨」的社會功能第一義。再往東四惠住的狂少年楊典，詩歌常有青年毛澤東氣概，目空一切，俯視氤氳眾生。青年坊住的陳勇和定福莊的女詩人周瓚稍爲內斂一些，陳勇曾因詩風低徊被人喻爲「囁嚅派」，但最近搬到東邊去後有變，常發狠力寫詩；「女老大」周瓚雖然詩風愼重和北大學院派一脈相承，但她主持女性詩歌網站和女性詩刊《翼》，標舉女性文學意識，卻是猛烈且不遺餘力。

在京東北望京也有「老大級」人物，一爲西川，九十年代初詩歌的象徵，對詩歌的神性和形而上學關注甚深者，現爲中央美術學院英語教師，也多與西方世界交流，在中文詩歌界接近隱者。一爲萬夏，可能是北京最有錢的詩人，當然，那是他做書商贏得的，他的詩歌卻和他的商業世界相反，愈加古趣疏野。

「遠東」北京郊外通縣地區，除了大量的藝術家，也住了不少詩人。蘭州來的高曉濤，人有西北俠氣，詩歌承接海子和昌耀——更承接法國蘭波，強調直覺和想像力，在當下傾向保守和日常的詩歌語境中，甚是神異。另一值得一提的是以「下半身寫作」和「美女作家」知名的尹麗川，其實她也已經不再像作品中營造的浪女形象，搬到遠離聲色的通縣去後，修心養性了很多。她的詩歌迥異於其他「下半身」詩歌的是其完全的女性角度，反視各層面的女性之整體，對欲望、愛恨、衰老等常有更深的理解和憐憫。

北京的詩歌地理如上草草，繪此地圖之意絕非讓人按圖索驥，去尋找自己心儀的一個詩人形象。畢竟，詩歌永遠是個人的事，如人飲水，冷暖自知。別人的生活，在自己的眼裡其實總是幻相，就如這個開始令人厭倦的北京，這幻相之可怕不在於其單薄而在於其浮華，正如杜甫跟李白說的：「二年客東都，所歷厭機巧。」這也是我最後的感慨。

被 出 賣 了 的 詩 歌 節

「在這貧乏的時代，詩人何爲？」這句百年前里爾克的老話，如果今天拿來質問中國的詩人，我想泰半會爲之語塞。其實不必吞吞吐吐，他們心裡想的是：在這貧乏的時代，詩人應該致富。

詩人憑什麼致富？他能出賣的，只有他的詩歌與一點小聰明。詩人與商人之間的互通款曲已經不止一朝一夕了，而最近目睹的詩壇怪現狀，更令愛詩者心寒。

北京大學有每年一度的詩歌節，原爲未名湖詩會，每年三月二十六日開幕，正爲紀念我們時代最後一個純粹詩人海子自殺之日。後來得到一點贊助，節約著開成了能維持一個月的詩歌節，那時的商人很低調也很知足，充其量在海報一角留個小名而已，給的錢也不多，詩歌也正愛其清貧，一年一度，詩人們開聚小講堂，熱熱鬧鬧。今年北京大學詩歌節不再由民間的「五四文學社」獨立操辦，加入了「新詩研究中心」這一巨頭，而後者的主事人又甚有能耐，結識多爲房地產大款，於是成功拉得某大房地產公司贊助頗多，更慶幸的，該房地產公司的老總也是一個「城市詩人」去年在他贊助的「黃山詩會」曾有一早上寫詩十首的海量記錄。於是乎，順理成章，兩全其美。

今年詩歌節開幕首次離開了三月二十六這個特別日子，不知是否面對泉下逝者有愧。但其操作之成功，用一個不願同流合污的青年詩人的話來說，就是「把北京大學新詩研究中心變成了╳╳房地產公司的一個公關分部」。房地產公司召來各大媒體，顯示了它們是何等有文化品味，愛才若渴，房地產公司老總也得其所，詩人教授張羅了專場的研討會與朗誦會，並邀得其心儀的濮存昕等名角來朗誦其傑作。

被欺騙的只有觀眾，很多青年是慕宣傳海報上那些神話般的詩人：「多多、西川、翟永明」之名而來，殊不知這都是主辦方虛構來哄贊助商的，但既來之則安之，大家就聽聽房地產詩歌吧。雖知這也揭示了我們時代的精神狀況，經濟基礎決定上層建築。委屈的只是被邀出席一同歌唱的詩人們，懵然不知自己成了免費的房地產公司形象代言人，還感激涕零，慨歎資產階級的美德。固然，在西方國家早就有資本家資助文學藝術的傳統，著名的如洛克菲勒基金會；又如大詩人里爾克，也受盡貴族貴婦們資助。那些受資助的人不需要給施助者歌功頌德，甚至還可以和資本主義唱對臺戲。但中國的資本家很實際，他們只要宣傳，不要藝術。

北方有此，南方也不甘寂寞，驚聞第二屆珠江房地產詩歌節又要開鑼，策劃人仍是那個傳媒詩人，朗誦者也大同小異，看來，我們的詩人們已經習慣走穴，希望他們再次與資本擦出火花吧。

2004年6月4日的天安門廣場，有人違禁騎自行車穿過，不知道是示威者還是便衣警察。

鼓樓大街，後海的邊緣，一切都在清拆和整修。

寬街路口，這裡是老城區，有最複雜的電車天線網。

五道口，自行車、火車和最新的輕軌列車在這裡交會。

2004年冬，西直門地鐵大樓正在冒雪興建。

南鑼鼓巷最老的店鋪，副食店，屬於70年代的遺物。

北京大學蔚秀園一戶四合院裡的陽光。

天安門城樓前。

故宮裡遊覽的老外。

在SOHO現代城開幕式上，被邀請「同樂」的民工們。

北京青年電影製片場門外。

故宮紅牆下，兩個身分各異的「京漂」（外地來京混生活的人）。

西單商場外行人隧道裡扯嗓子賣唱的盲人。

深受堵車之苦的出租車司機。

步出雕刻時光咖啡館的學生，這是台灣人莊仔經營的，北京名氣最大的藝術咖啡館。

2001年的後海，
從白楓的酒吧看出去，
那時後海還比較清靜，
只有三四家酒吧。

後海胡同裡的小孩。

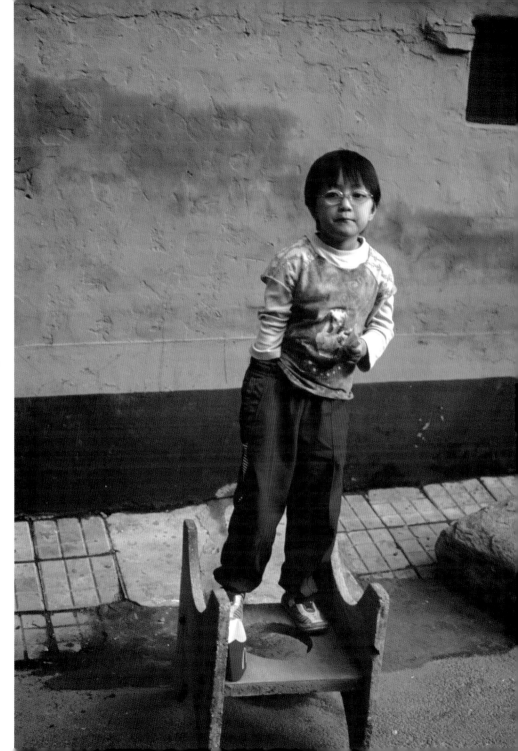

故宮午門外。

紫竹院的胡同。

2002年的迷笛音樂節，裸奔的搖滾樂迷。

2006年的迷笛音樂節，仍然有吹口琴穿海魂衫的少年。

一樣的青春，為何她的快樂旁若無人？為音樂會服務的兩種人，誰的生存更虛幻？

以　S　A　R　S　的　名　義

四月是殘忍的月份，四月的北京從麻木到喧囂、從喧囂到風聲鶴唳。如今柳絮紛飛彷彿病毒的象徵，橫行於北京死寂的街道，然而在表面上的一片死寂，這個城市暗湧著比病毒更可怕的東西。

四月初我從香港回到北京時，全大街上只有我戴著口罩，被眾人嘲笑──有一天我在頤和園拍照，竟有一中年遊客指點著我告訴她的同伴說：這就是非典！但到了二十號左右眞相逐漸一點點洩露出來後，以北京大學爲震央，幾乎整個海淀區大部分人都戴上了口罩。惶恐首先從互聯網上蔓延，較早成立SARS討論版的「北京大學BBS」和「一塌糊塗」，有的日子有過千的帖子上傳。「北京大學BBS」是一個大學生的內部論壇，SARS討論版剛開設時非常好，大多是消息靈通者爲同學們轉貼的關於SARS的內情，後來情況逐漸失控，發展到恐嚇、謾罵和動輒出現的猛烈的道德批判、扭曲的民族主義情緒。

我將之歸因於部分中國人潛意識中的一種法西斯情結，這情結在社會結構的上層表現爲言辭，在下層則直接表現爲行動。首先使我感到可怕的是大學生們的措辭，有人請求政府封城、希望把一切嫌疑者逮捕；有人批判離京回家者，上綱上線爲「不忠不孝不仁不義」；更有甚者歧視醫護人員，警告本校外出實習的醫學院學生不准回校，言詞幾近恐嚇……可笑的是隨之而來的校際鬥爭，首先出事的幾間院校成爲眾矢之的；更可笑的是永恆的大民族主義精神，先是痛斥南方人的飲食習慣，後來更有無數人從陰謀論上推理病毒是美、日、台對我們偉大祖國實行的化學武器攻擊。

大學生尙且如此，底層民眾則更爲變本加厲、草木皆兵。民眾對SARS的防範很快就變得矯枉過正，這一定程度是來自不瞭解所帶來的恐慌，但更多出自底層幹部的邀功。習慣於「搞運動」的官僚們在政府沈默的時候就即使是死人塌樓也要歌舞昇平，而當政府號召鬥爭的時候他們就要把鬥爭之矛指向社會的每個角落。於是一齣齣帶著黑色的鬧劇上演了，一如既往，弱勢者成了代罪羔羊。學生、民工、外地人都是最大的嫌疑犯，東北某城宣布：凡從外地來城者一律隔離十四天，費用自負；湖北某城懸賞：舉報外地來城大學生者獎勵五百大元；北京城郊某住宅區貼出通告：勒令外地人搬走，否則動用公安……這一切對「個人」的侵犯，都假SARS的名義而行。

在這種道路以目的恐慌氣氛中，有人絕望地請求：哪裡有非典？讓我得非典死去算了。

五　道　口　的　安　那　其

五道口，是隱藏在所謂北京「高科技、高知識地帶」海淀區東北角的一個古怪的「黑洞」，無論它的外表還是它的暗層，都顯出一種荒誕的瘋狂。對於熟悉時尚的年輕人來說，這裡被稱爲「韓國村」，因爲大量的韓國留學生在這裡的語言學院上學，租住當地的民房，順便以韓國人旺盛的熱情，改造著這裡的文化：這裡大部分的店鋪招牌都是中韓文對照的（英語欠奉），包括醫院和數十間互相複製的「韓版服裝店」，最離譜的是在專放韓片的五道口電影院門外的小吃店和酒吧，索性招牌和酒譜都只書韓文，華人恕不奉陪。奇怪的是時刻高揚民族主義的中國人，對此並無怨言。

然而五道口眞正的意義卻在地下、在別處。白天，在語言學院的公車站，在電影院的停車場，在展春園小區的院牆上，都能發現一個神秘的塗鴉符號向你提示著另一個五道口的存在，那是「安那其」無政府主義的標誌：Ⓐ（Anarchy）。從九十年代後期始，五道口就是北京的地下反叛文化的一個重要基地。五道口市場，新老搖滾樂迷耳熟能詳：二〇〇〇年前，這裡布滿了銷售「打口帶」（一種被處理的外國音樂製品剩餘物資）和盜版ＣＤ的個體小店，著名的北京第一家Punk酒吧「嚎叫」也建立於此，許多現在成名的樂隊都曾在此打滾掙扎——他們，曾經是賣CD的、買CD的、扔啤酒瓶子的、唱歌的和湊熱鬧的。

二〇〇〇年，北京大部分的Punk都在這裡混著，地區政府見勢不妙，馬上整頓。酒吧街被清拆，CD鋪變成了韓版服裝店，五道口一下沉寂了下來。但是反叛青年有力量，野火燒不盡，隔了一年又捲土重來，一間鐵路旁的滾軸溜冰場「開心樂園」被改建爲搖滾樂演出酒吧，它的格局就跟它支持的地下音樂一樣：粗糙、開闊、自由。「開心樂園」多次被整停業，又在多支樂隊義演籌款的幫助下一次次重生，直到二〇〇一年聖誕節一次通宵演出後，終被莫須有的控罪永遠停業了。但是去年底，又有一家Punk酒吧揭竿而起，名曰「起點」，很倔強的宣言。搖滾轟轟烈烈的繼續著。

安那其有自發和自覺的，在五道口，所謂自發的安那其是大多數，但他們卻提供著最新鮮的活力於此。我所認識的一些賣「打口帶」和盜版（他們稱為「港版」，呵呵）的青年便是其中佼佼者，他們的青春幾乎和五道口同在，比如那被戲稱為「江總」的英俊小伙子，他是這一帶最大的CD商人，地下音樂消費者無人不識此君，「江總」沒讀多少書，但對西方當代音樂如數家珍──的確是家珍，在他的小角落裡，你總會有最另類的發現。在他們那裡找CD被稱為「淘碟」，就跟以前文人到琉璃廠「淘書」一樣。他們從銷售中獲利並不多，比不上全球化的音樂壟斷工業最小的一個零頭。他們的行為，我視之為對連音樂也想壟斷的資本家的有力抵抗，當然是屬於原始的無政府主義的一種。

五道口自覺的安那其從自發的安那其當中誕生，一種文化抵抗運動亦由音樂出發走向更深的層面。去年，一個比「江總」更有戰鬥策略的人來到北京，人莫詳其名，都直接叫他「打口帶」，他卻自稱「大口袋」，因為他最初來到我們身邊就像布袋和尚，從大背包中掏出好多珍寶。他並不滿足做一個西方剩餘物資的傾銷商，他成立了自己的網站（www.dakoudai.com），介紹來自他家鄉的西北地下音樂，介紹他熱中的實驗電子音樂、地下電影……

另一個這類「安那其資本家」是「大師吳」，那是北京最厲害的盜版DVD仲介者，許多電影界的人都是他的客戶，他們買盜版不是為了省錢，而是因為「大師吳」帶來的許多電影在大陸根本買不到正版，像高達、費里尼、安東尼奧尼、塔可夫斯基等經典大師，他那裡都幾乎有全集，而許多壓根沒有票房的地下製作，他竟然也鼓動人製作出了翻版，正所謂「盜亦有道」也。且據我所知，很多中國的地下導演也不介意自己的作品被翻版，因為他們渴望的是自己的作品被更多的人看到。

也有從消費者轉變成戰鬥者的，去年我在各種搖滾演出現場常碰見一個穿著白Ｔ恤的少年，胸前大書一Ⓐ字，後來才知道他是年輕樂評人「健崔」，還是一個高中生，已經在多份音樂雜誌撰寫樂評，並且多次成功策劃小型的地下音樂演出，系列名為「搖滾你的生活」，看來他已經明白必須和生活結合，一種音樂態度才能變成一種戰鬥精神。今年他要畢業了，卻在網上寫了一長文〈退學申請書〉，痛陳大陸中學教育體制和高考制度之弊，一時瀏覽者逾千，還有很多人參與爭論他應否退學。在他身上，我看到一點1968年法國學生的影子。

北京最成熟和自覺的一個安那其——主流文化抵抗者，也許是著名樂評人、詩人顏峻，他閱讀大量無政府主義書籍，在每一篇樂評文章和隨筆中暗示反叛的精神和策略。而他最神奇的發明是他的私人廠牌SUB JⒶM，中文名「鐵托」（不是指前南斯拉夫領導，而是北京搖滾黑話：死硬搖滾支持者之意），他用這個名義幫許多中國的地下樂隊非正規地出版了專輯，幫許多詩人自費印刷了詩集——這些詩集在正式出版社是不可能出版的。顏峻的煩惱在於他是一個著名的撰稿人，也就是他所反對的媒體工業的既得利益者，所以「鐵托」也成了他反抗自己另一重身分的有力工具。

每年五月的北京迷笛音樂節是搖滾樂迷、鐵托和安那其們的狂歡節，去年迷笛，顏峻在實驗樂隊「蘭州噪音協會」的伴奏下朗誦了六十年代的無政府主義宣言。今年迷笛因為SARS推遲到十月，五道口的安那其們、北京的安那其們都在默默等待，摩拳擦掌。

只 有 對 社 會 不 滿 者 才 會 坐 一 塊 二 的 車

莊師傅（化名）的口頭禪是「代表最廣大人民群眾的最高利益」，和我們某領導人一樣。但是莊師傅說那是「皇上的哼哼聖旨」，在他的理解中，這冠冕堂皇的「最廣大人民群眾」只占中國的百分之一，不包括市政工人、農民工、下崗者、作家、記者……當然，也不包括莊師傅所代表的憤怒出租車司機。

在表明身分嘗試採訪了十個出租車司機都遭到婉拒之後，我隨意的上了莊師傅的出租車，那是一輛收費每公里一塊二（一元二角）的廉價出租車。車一開動，莊師傅就開口說話了：「前兩天淹水你知道嗎？北京的道路設計真是亂來！當然，那是符合最廣大人民群眾的最高利益的。」正是我久違了的憤怒，於是和他侃侃而談起來。

莊師傅小時候生活在北京，六十年代上山下鄉，還好，去了昌平的「陳希同農場」，離北京很近，「但是再怎麼樣，也算是下鄉知青了。」，七十年代隨知青大軍回到城市，任國家工人，九十年代，下崗，做出租車司機至今。「像我這樣經歷的人到處都是，遍布北京各行各業，一句話概括，他們都是對社會不滿者！」這是莊師傅第一次說「對社會不滿」，一路上班，他說了不下十次。

當出租車司機很苦，到底有多苦，今天我才從莊師傅這裡聽到了具體數據，「如果搏到盡，疲勞駕駛，一個小時平均可以賺30塊，我和拍檔每天開車14個小時，淨收入420塊，但是要上交給資本家180塊，還有油費100塊，最後只剩下140塊，和拍檔平分，那就是說我一個月都不休息最多也只能賺2100元。」當然，這還沒有考慮到修車的費用、違反交通法規的罰款等，公司不但不會替司機墊付一點，如果是違反交通法規，公司方面還要罰司機的款。

回首二、三十年前，莊師傅說那時候工資很低，但是「雖然一個月只有80塊錢，但足夠養活一家四口，現在要養活一家人，4000塊錢也不夠！」「說老實話，還是毛澤東時代好，隨便舉個例子，」莊師傅把手向路邊一指，「老毛那時候，全北京沒有一個乞丐，現在，滿天橋上都是！」「他們是不是最廣大人民群眾呢？他們的利益在哪裡呢？還有那路邊的市政工人，每天工資50，建樓房的民工，每天工資20，他們是不是人民群眾呢？可以說，他們只有付出的權力，沒有得到的權力。」

我委婉地表示了我的記者身分，他也委婉地表示了不接受採訪，但可以和我聊聊天，因為他覺得我也是對社會不滿者，「只有對社會不滿者才會坐一塊二的車！」

現在到莊師傅反過來同情我了，「你們採訪、報導社會黑暗面，那有什麼用！宣傳部的龍大人一抬手就把你們斃了。」前幾天正好有一個新京報的記者坐他的車，問他有沒有看新京報，他說：「你們那種報紙，也就我這種對社會不滿者會看！」。莊師傅問我兩年前有沒有看到京華時報報導的「出租車黑幕」，「那是關於近年出租車上交公司費用暴漲，司機不滿的報導。」「當時我買了一份，拿給我的老闆看，老闆冷笑一聲說：『你聽我的還是聽他的？聽我的就乖乖出去給我賺錢，聽他的就把鑰匙放下，滾蛋！』」當然，莊師傅的抗議行動沒有取得任何成果。

我安慰他說，我的朋友們都挑一塊二的出租車坐，還發明了種種辨認一塊二和一塊六出租車分別的辦法。「你的朋友們都是對社會不滿者，也就是沒有公費報銷的人。」莊師傅笑了，「現在只有百分之三十的人打車還會挑便宜的車，好多人一看一塊二的車，沒有空調就不坐了，他們只坐『富車』，他們都是資本家啊。」他還教我辨認一塊二和一塊六出租車分別最方便的辦法：「車頭燈之間的排熱口要是銀白色的就是一塊二的，要是和車身同色的就是一塊六的了。」

最後下車，他說「你還是回去寫一篇報導吧，這樣你的車費就能報銷了，隨便寫一篇，反正也發表不出來的。」本來他還同意和我去喝一杯再聊聊天，但是正好路邊又有人「打車」，莊師傅只好聳聳肩說再見了。

我才明白為什麼我之前的採訪會受到拒絕，原因除了怕政治敏感，更是因為司機們的時間寶貴，這關乎生存。

北 京 的 火 車 往 哪 開

現在北京最紅火的搖滾樂隊「二手玫瑰」有一首改編自東北划拳酒令的名曲，叫做〈火車快開〉，把我們的「新生活」諷刺得非常辛辣。歌曲一開始是傳統幻象中我們的「美好藍圖」：

我們的生活就要開 往哪開 往幸福裡開
我們的愛情就要開 往哪開 往永恆裡開
我們的青春就要開 往哪開 往理想裡開

接著開始變味了：
我們的理想就要開 往哪開 往幼兒園裡開
我們的生活也繼續的開 往哪開 往紅樓夢裡開
我們的愛情也繼續的開 往哪開 往高潮裡開
我們的青春也繼續的開 往哪開 往三國裡開
我們的理想也得繼續的開 往哪開 往西遊記裡開

到最後他的預言竟然成了：
我們的生活又要開 往哪開 往絕望裡開
我們的愛情又要開 往哪開 往變態裡開
我們的青春又要開 往哪開 往枯萎裡開
我們的理想又要開 往哪開 往糞堆裡開

且不管他的預言是否過於極端、失於偏頗，第二段所描述的現狀對北京卻很適用。理想變得簡單幼稚（幼兒園），生活變得浮奢甜膩（紅樓夢），愛情變得赤裸裸（只剩下高潮），而當青春茫然陷入一片混戰中（三國），理想也就變成遠不可及的縹緲仙境（西遊記）了。

八九熱血過後，全民集中搞經濟，一片歌舞昇平。除了去年的SARS恐慌，其他如高官貪污外逃、城鄉差別失調、賣血愛滋、民工自殺等等，對我們的偉大首都似乎都構成不了威脅，而且，因為沒有發生在眼前，甚至可以當這些負面消息是不存在的。

一股強大的接近盲目的樂觀情緒彌漫在整個北京城中，這是只有在建國初年才有過的「欣欣向榮」景象，但是，那時候是純潔的，現在卻是功利的——人民被許諾的，遠遠不只是一個「小康」的未來社會，而是享樂主義和金碧輝煌的一個暴發戶式天堂。這從我們身邊的房地產廣告、汽車廣告都可以明白無誤地看出，物質「是你身分的象徵」，精神再無立錐之地。正如〈火車快開〉的副歌所唱：「如果這世界一切都在賣，如果這世界一切都在賣，我看你往哪裡逃！」

2008年奧運會申辦成功把北京人的驕傲推向頂峰（今年奧運會中國的戰績無疑又爲愛國主義打了一支強心針），這是一個太美好、太有象徵意義的未來了，正如今年奧運會中央電視臺的廣告詞所說：「四年一度的奧運會是我國四年一次向世界展示強大國力的機會」，在這個有著把一切節目都轉化爲意識形態的傳統的國家，最單純的運動會也變成了政治角力和施政籌碼。一切措施隨之而來，北京爲了準備奧運，投入巨資進行大量眞實的或虛假的建設，而第一步直接影響百姓生活的市政建設，深具象徵性，就是輕軌鐵路的建設。這是把老百姓唱了50年的「火車往哪裡開」這一願望加上困惑落到實處的一個符號性表演。

「輕軌」又稱「城鐵」，類似香港的「輕便鐵路」，雖其官方名爲「地鐵第十三號線」（原來地鐵只有一號和二號線，不知道爲什麼一下子就到了十三號，中間的十條線不知何在？），實際上全線都在路面上架空行駛，稱爲地鐵還不如稱爲「空鐵」。輕軌從西直門出發，向北經大鐘寺、知春路、五道口、上地、西三旗，然後向東，經回龍觀、黃土店、立水橋、北苑，再向南，經望京、勺藥居、光熙門、柳芳至東直門，全長40.5公里。輕軌城鐵爲北京帶來了什麼？官方網站上是這樣說的：「購房者：從此進城再也不會有堵車的煩惱；專家：軌道兩公里範圍內的住宅小區將直接受益；開發商：城鐵縮短城郊距離降低居住成本；媒體：城鐵通車帶來商機無限。」當然全部是好的，因爲全部都和錢有關。

實際上被其帶來最大利益的就是房地產商，原來不值錢的城郊地皮，現在全部洛城紙貴。當你坐著輕軌由西往北再到東轉圈的時候，你會發現，每當火車接近車站時，就會有大量建築工地和新樓房出現，但一過車站，馬上又變成了華北農村般的漠漠荒原。對比之大，不只在景觀上，也出現在輕軌沿線新居民和舊居民上，新居民往往是留居北京工作的外省「知識青年」，相對城內高企的房價稍為便宜的城郊房價，令他們終於可以買樓安居，雖然要把車費和時間更多地貢獻給交通。舊居民顯然還難以適應新時代的變遷，在嶄新的車站和火車上，他們侷促不安地反而變成了異鄉人。

現在還有四號線、五號線、十號線同時施工，爭取在2008年完成，還有其他的大型建設、改造隨之而來，為了四年後北京人的面子大大的光鮮。但隨之失去的，有不受保護的不知名胡同、老北京的多元化面貌、一些和大都市形象不相容的飛地、人……一個乾淨完美的「烏托邦」展現在北京人面前，為此目前的一切不便、不滿都可以忍受、「理解」：「穩定繁榮壓倒一切」。喬治‧奧威爾的1984可能會在2008年以另一種面目出現。

但是，北京的火車到底向哪裡開？偉人說了：別問白貓黑貓，不管姓社姓資。汽笛已經拉響，我們舞舞舞吧，只要這狂歡景象，看起來不像中世紀的「愚人船」。

返京謠

這幾個月來，我在中國南北
不斷的飛，哈爾濱、北京、香港，
我已熟悉它們在俯瞰中的地貌：
黑土、綠柳、藍海。

非常時期的飛翔，甚也平常，
今天我又返京。在雲中一頭栽下去，
風光歷歷，春色還剩幾許？
飛機在爺們的頭頂，刈割著黑影。

不出我所料：這個城市沒有死去
而且活得很好。大學生們隔著鐵門擁抱，
小學生們隔著口罩吃、吃、吃，
享受著消了毒的污垢。

新建築的想像力已經窮盡，
山水尤未覺寒酸。翠綠的下面
揚起了灰，那是硌得人眼睛流淚的灰，
那是一把一把異鄉人的塵埃。

其中屬於我的一把，
我已經珍藏在我肋間的口袋，
就像我也如此珍藏過一滴淚、
一滴淚中的細菌，拒絕居委會的監視。

我又回到歌中百花深處那胡同，
蘇州街二號的危樓，繼續
波希米亞幻象的虛構。

孤獨、酒精、自由、詩歌，
樣樣都彷彿跟一百年前的左岸符合；
唯一不符的是那條流過北京的河

它早已乾涸。「左岸」也不過是
我家旁邊一座新辦公樓的廣告。
等它建好，我就騎著它的蟑螂飛逃，
像一個病毒，騎著蟑螂飛逃。

2003・5・18・

小九路中巴

小九路開過萬柳開發區，
民工甲、乙、丙上了車。
民工甲已經老了，理所當然
坐個好位置，就在時尚編輯丁的旁邊；
民工乙緊挨車門坐下，民工丙只搶得坐墊。

小九路一直向西，向西。
民工丙有了覺悟，一個箭步
占了司機戊旁邊的窗口座，司機戊
撇撇嘴，不以為然。民工甲又把布袋
向自己挪了挪，怕碰到了時尚編輯丁
的手提電腦。民工乙，卻一直是虛無的代言人。

他看著藍天，他一無所見；
他把目光轉向司機戊，和汽車儀表、
引擎……耳邊彷彿蟬聲轟鳴，仍然一無所見；
最後他決定看看剛才被民工丙坐歪了的報紙，
報導著民工己的幸福，和他無關，終究一無所見。

時尚編輯丁的手提電腦
開始在黑暗中打字：「蒼狗、浮雲……」
他的照相機隨時準備著，美化這個小世界。
中巴剎停（世界並不），上來少婦庚和小孩辛
她們開始笑、開始搖、開始指點，簡直就像女神。

民工乙仍然代表了世界本身
側側頭便在四周放下了深淵，
時尚編輯丁不寒而慄，他害怕於
深淵就是他本人。然而對於已經不信神話
的民工甲，深淵卻是少婦庚和小孩辛的燦爛。

少婦庚的目的地是銀行，
在偶爾回頭的民工丙的幻想中
她是一隻徬徨的山坡羊。民工乙
沒有幻想，他的眼睛是抹去一切的黑洞。
現在中巴上只有民工乙的眼睛在轉動著。
現在中巴在民工乙的腦溝裡迷路，被羊糞淹沒。

2003.8.18.

718路公車

我一上車就注意到這母女倆。
我從一旁俯視她們：
三十多歲的老姑娘，不美的頭上
戴著小女孩的廉價塑膠珠飾，
隨著快車晃蕩，彷彿在嘲笑自己
又像是嘲笑美麗本身。
旁邊的媽媽也不好看，
五十歲的臉已經爬滿溝痕，
薄布衣下什麼都沒穿
（並不是為了時尚），乾癟的乳房
隨著快車晃蕩，彷彿在嘲笑自己
又像是嘲笑我們的年輕。

她們應該是從頤和園回來吧？
她們應該熱愛那個清涼的舊樂園吧？
她們的手在晃蕩中攥緊了嗎？
漸漸地，她們變得赤裸，
露出骨頭的焦熾──像她們臉上的笑
勉強熱愛著這個她們不知其惡的世界，
在這裡，她們一絲秘密都不掛。

車堵死了。母親替我們抱怨，
女兒則替我們安慰她。
女兒也有很多抱怨，她那已經掉色
的人造革挎包已經快裝不下。
她們將是坐到最後一站的人
（這樣的人太多，再不坐回來了），
我們，卻在馬甸下了車，在朝陽下了車，
在華堂下了車，在天堂下了車。

時間不多，這觀察未免淺薄。
但我即使再面對她們
也無法描寫更深入。我虛構
她們從鄉村到城市的身世和經歷，
並以為能理解：她們的愛和忍耐力。
我的賈寶玉式虛情假意
受到女友的譴責：畢竟我不是女人
也不在底層，我的目光只能由上往下。

718路公車，繼續飛奔，
後來又帶著我去《時尚財富》雜誌社上班、
加班、辭職。後來在車上
我只有權力更多地低頭看我自己：
於是我看到了兩年前的我
總是坐這路車由東往西，一腦子自私
什麼都看不見，就像一塊頑石。

2003.9.5.

一個中國人對旅遊者說的話
　　　——讀章詒和《往事並不如煙》後

你不要來這裡尋找
那個高貴的中國，
她那些珍異、靈秀的花木
已經被剷除數十年了，
她那些峻峭的山、澄碧的水
早已換作一灘泥沼。
你也不要來這裡尋找
那個真實的中國，
她跟你的國家沒有什麼兩樣，
垃圾在發光、電視在造夢，
黑胡同也被照亮。

其實那不是
你在我們的北京看到的嗎？
比如說：什剎海的昇平景象，
你逛過棉花胡同和銀錠橋，
喝過那裡小酒吧的酒；
你知道那裡住過儲安平
和李如蒼這兩個中國人嗎？
你知道他們是誰嗎？
你知道他們閃電一樣活著、
無聲無息地死去，
鮮血被紅旗一角草草抹掉，
你知道他們夢想捍衛的那個中國
早已經不存在了嗎。

2004.2.10.

窗前樹

風過時它便翻動一身的銀和綠，
去年如此，今年如此。
十年前它也許更爲逍遙，
在蘇州街一些平房中間，
那些平房裡住了一些學生
和中關村最早的賣盜版的婦女，
那些樸素的情侶和自得其樂的母子
黃昏時會在樹下嬉戲。
誰也沒多考慮未來的新世界
將會怎樣撥弄他們的命運，
這些人、這棵樹。

風過時它便翻動一身的銀和綠，
去年如此，今年如此。
前年蘇州街北口完全變成了一個工地，
地產商帶來了建材、民工和簡易棚屋
剷平了舊房子和寧靜的生活。
奇怪的是大樹還留著，
還越來越高大、茂密，
只是身上多了一兩根拉長的繩子
掛著民工們的汗衣。

前年冬天我剛搬到蘇州街，
去年春天我才第一次留意這樹：
民工們晚上愛在樹下喝酒、默坐，
後來還有一些拾荒者在樹下擺攤，
買給他們一些城市的破爛。
到夏天，我漸漸能越過工地的噪音
單獨聽到樹葉子的沙沙聲。

今年那些新大廈紛紛落成，
還記得舊時光的，只有
這棵樹和我住的蘇州街二號樓。
窗前的工地慢慢變成一個樓盤，
有中產階級喜歡的珠光寶氣和升值可能。
我也明白了地產商爲何有留下此樹的仁慈
——樹的旁邊將建成一個私有的園圃，
爲這「家園」更添一些售賣價值。
蘇州街二號樓和我，也將被新世界拆除，
新世界又將被更新的世界替代。
這首詩裡最後只剩下這棵樹
風過時它便翻動一身的銀和綠。

2004.4.22.

安東尼奧尼，安東尼奧尼！

2004年11月25日22點，中國，北京，
出了電影學院，在薊門橋橋洞下
有一個男人獨自站立抽煙。
這是你的場景，安東尼奧尼
要是你在，你的膠片又會被燒焦。

而我們剛剛從《札布里斯基角》走出來，
彷彿剛參與了你的炸書盛事，
在幻想中炸毀了各種主義，
這一切皆值得，為了一個無辜青年的死，
一隻色彩繽紛的熱帶鳥。

在二十世紀你憋了一肚子氣，
那是你唯一一次好好的發洩了一會，
很抱歉二十一世紀你還得繼續生氣，
的確，這個時代，誰只要把攝影機的焦距校準
誰就得生氣。

九十二歲老頭，仍然帶著六十年代憤怒
和三十年代懷疑，被世界氣得
說不出話來。看！這立交橋分割的黑夜
我們都獨自站立抽煙，
像烈日烘烤下的札布里斯基鹽山。

沒有你在的中國，憤怒也無法展覽。
人群注定四散：這是你的理論，
但道路各有不同，有的上了轎車，
有的還在零下4度中等候公共汽車，
而我們決定在光和霧中行走到天明。

再次走進白晝的銷蝕、放大，沒有奇遇，
我們就是奇遇。只見陌生人獨自站立，
迎著雪，把七月殘餘的流火大口吞噬。

2004.11.28.

故都夜話

1

（城市彙聚於此，然後消失）

多少鬼魂，最後只剩下一個，
在亭子上喝酒，看下界霧裡花葉、
籬落呼燈，如綠蟻新醅，氤氳中浮沉。
她在等，那找不到地址的
是先朝錯過了考期的書生。
他抬頭，提一籠舊雪借光，夜打門：
是景山、是地安門，還是鑼鼓巷？
亭子上的鬼笑了，
「噓，莫道與他聽……」

（城市彙聚於此，然後消失）

2

（我們在此撤離，只留下光）

四千護宮兵馬，晨曦中集合
便將遠去海島，一切，永不再。
我是那穿著大號軍袍的那個，棉布包著
暖水壺，是我唯一的寶貝。
被布列松攝下。被你遺失。
六十年後你夜夜夢中在此獨行，
偌大的故宮，你一人，像黃昏的船，
黃昏的穿堂風，「那些少先隊員
越過我，像水，像閃爍的微塵。」
你說。遍園紅荷盛開，
我白衣依舊否？
我的寶貝。

（我們在此撤離，只留下光）

3

（這裡酒綠燈紅，已經是國朝百次盛衰）

我仍記得它衰敗時的境況，
恍惚的光從冰面上升起，
冰咀嚼著殘葉、逃亡的羽林將軍
滑倒的腳。我看見血涅了雪，
春水蕩、夏柳飄、秋花落滿海……
這也是海？那我便是失魂人了。
我也知道曾有勾連、瓦當、繞梁燕，
「還有一個人兒，喚作花比豔。」
哪年的唱腔？我仍記得
這酒吧林立的後海岸邊
曾有一家老字號中國書店，
小人書上畫了我的故事，
老太太掃去我身上雪，買走我一念中
那狐仙。

（這裡酒綠燈紅，已經是國朝百次盛衰）

4

（城北在此打了個死結，忘了解開）

他一次次企圖穿過北太平莊
路口人流，不成功，
回了頭，尷尬笑一笑。
他戴上了氈帽，背了木吉他、小口琴，
包裡還藏了一雙繡花鞋，還是
不成功。回了頭，尷尬笑一笑。
太平盛世，太平軍也曾席捲此地，
長髮上，血淋漓。我們卻一路浪蕩唱去：
鐵獅子，蓮花落，小西天，盜魂鈴……
他半夜掀我被，告訴我一個大秘密，
關於他爲何一身濕漉漉，銀魚般白皙。
我誰也不說。

（城北在此打了個死結，忘了解開）

5

（你舉之是昇平，我卻道夜涼徹骨）

此一夜，鈴兒響，醉擁紅裘；
彼一夜，棋子落無聲，
隔壁的琴師，已成隔世魂。
她若能溯劍而上，定能再見他
〈黃河謠〉中鏽掉了一切的河沙。
但只猶豫了一夜，一切就消失了，
三里屯曾經是荒郊中鬼宅，借了十年華燈
現又打回原形。這柄劍我藏了，
明夜掛之空陵。她若能照，
定能窺見雲月間，流電驚。

（你舉之是昇平，我卻道夜涼徹骨）

6

（那一年，寂寞在城外亂了陣腳）

義軍白將軍折戟處，堡壘成了磚礫
任晨光塗抹。某年月日，
我讀書於此，有鬼夜訪。
「我見你長袍便知你是魯迅先生，
你不信鬼，可是我就是鬼，你看我
把你彩筆拿去，就留給你大笑三聲。」
他的西裝革履莫名其妙，
手中還秉著文明棒。
我推開寒窗，大笑三聲，表示歡迎，
但我落淚於我並不識這一個無常，
十里堡不建一所紹興會館，
我的笑話不能為誰開懷，
我的單衣也承不了這時代的一團亂墨。

（那一年，寂寞在城外亂了陣腳）

2005.8.28-9.11.

從798工廠藝術區到神州愛犬樂園

798工廠是現時北京最熱門的藝術區，
神州愛犬樂園是京郊一個廢棄的主題公園，
它們在我的照片中看起來如此相似，
以致於我相信：後者就是前者的未來

（1-8幅是798工廠，其後為神州愛犬樂園。）

BLOW UP 北京

世界盡頭與冷酷異境

管理者又想辦法在園中建了渡假村、鱷魚表演館甚至鬼屋，卻也無法挽回它衰敗的命運，的確，同情心和冒險精神的滿足完全可由電視提供，何必驅車數十里呢？

臺。這裡是最適合拍攝寺山修司風格電影或者荒木經惟式失樂園的外景地。

我愛北京的「荒郊」。在城市和城鄉結合部的邊緣，被高速發展不小心遺忘的角落裡，總能發現充滿古怪想像力的世界。至今我覺得北京最神奇的一個地方是北郊釆河的「神州愛犬樂園」，作為一個農民企業家建造的收養流浪犬基地，九十年代初它曾小有名氣，但很快追求新奇的媒體和沒有耐心的愛犬者都冷落它了，於是

去年我發現此地時，它已經幾乎被瘋長的植物淹沒，園子的前半部分還圈養著近百隻流浪狗，後半部分有如一個神秘異境：密柳間懸空一個蕩鞦韆宮女、木梯下半躺一個斷手愛麗絲、鬥獸場般的鱷魚表演館裡早已沒有鱷魚，只有一個笑嘻嘻的獨角獸探頭於野花中，此外就是大量的藤蔓、葦草、怪樹，包圍園中央一個空蕩舞

像這樣的地方還有很多，東郊通州的「福祿壽大酒店」是另一著名例子，把旅館建築成民俗的福祿壽三星像真是匪夷所思，遊客可以住在他們的腦袋、手臂或大腿裡，最離奇是總統套房竟然在壽星的桃子內。農民企業家的想像力大膽可愛，就像外國的素人藝術，未經規範的天馬行空，卻可能比超現實主義更超現實。

街頭窺探者

幾年前剛到北京，有一個發現叫我覺得有趣，然後不解，等我明白了就覺得恐怖了。那就是在地鐵站周圍和天安門等著名旅遊景區一帶，都有人在叫賣望遠鏡和竊聽器。對此，天真的理解是：我國人民熱愛光學和無線電技術；善意的理解是：現代城市人渴望分享同類的生活又不便近距離接觸。然而真正的意義是：望遠鏡是視覺的延伸、竊聽器是聽覺的加強，兩者都為窺探他人的秘密而設。更恐怖的是日常生活也會被窺探者津津有味地當作秘密咀嚼——試想想，現在我不遠處，也許就有人手拿望遠鏡、耳帶竊聽器，監視著我一邊哼著Beatles一邊書寫我對這兩個發明的厭惡。感覺自己置身一個現場直播的真人秀。

後來得知，早有一個比這兩大發明先進得多的機器存在，名字叫「街道大媽」。這是一個綜合了視覺、聽覺甚至嗅覺的智慧型機器，甚至懂得表達——當面八卦，要不就背後閒話。很難說在現在這準自由化社會，她們的存在還有什麼政治或道德意義，只能視之為本能、愛好或行為藝術。那也是一個很有表現力的畫面：當她們回到「發報機」，她們就打開「心扉」，向那並不存在的「長官」匯報世上的「罪惡」，那是卡夫卡《城堡》中的一幕吧。

再後來，街角的小廣場和天橋的周圍，出現了一種和前者完全相反的機器，名字叫「刻章－辦證」，它們的數量龐大、終年無休。他們對窺探行為毫無興趣，只樂於為他人虛構一個可供窺探的身分。他們真是唐吉訶德啊，要知道他們想欺騙的，是一個隱形的更龐大的機器，無名的窺探者之神。對於他，我們都心甘情願把自己的一切奉上，難逃法眼。那才是卡夫卡《城堡》的全部。

寂靜鑼鼓巷

近兩年來，我常常是過後海而不入，直接往東，進那南鑼鼓巷去了。後海現在已經太奢華，珠光寶氣十足一暴發戶，市聲喧天，就連昔日最有風情的煙袋斜街也不堪了，更別提銀錠橋的兩岸。東面卻仍是一個靜好的所在，以前只是因為要去中央戲劇學院和菊兒胡同的小劇場看戲才會走過的南鑼鼓巷，現在已經有了它自己吸引我的理由。因為那裡的酒吧清新、樸素而又文化味濃厚，而且好幾家都是玩攝影的哥們在主持著。

最老資格的當然是「這裡」酒吧。「這裡」以前叫「那裡」的時候，老闆陳農有句名言：「生活不在別處，就在那裡。」現在，生活又回到這裡，沒有別處可言，但也沒有所謂的迴圈、原點。不定期攝影展還是一個接一個走馬燈的換，恒定的展覽在燈罩上，由一張張陳農的胡同照片糊成。「這裡」的旁邊是它以前那個帥哥夥計小新開的「小新的店」；再旁邊，最新的「喜鵲」是青年攝影師李銳和朋友開的，名字真好，叫人馬上想起八十年代的良善、淳樸，布置也好，像我們小時候的教室，毫不張揚的懷舊，再加上長著娃娃臉的店主小倆口，和他們一起消磨寂靜時光，簡直像回到了青蔥歲月。鄰居的「沙漏」是最小巧的，只能坐下四五桌，店員是蒙古族的攝影師阿魯斯兄弟，他們外表粗獷內心溫柔，在小店裡弄了好多花花草草，這裡便有「閑敲棋子落燈花」的寂寞和趣味了。

攝影師多是謙和、低調的，而這幾個哥們更是民間，少為主流攝影圈垂青，他們也無意求此。所以他們的酒吧、他們的南鑼鼓巷也如此，屬於八十年代，我們文藝青年自得其樂的 Rag Time。

憤怒好青年

「憤青」——憤怒青年的存在簡直可以說是今日中國給我的唯一希望。儘管上至中央台下至住宅小報，都在叫我們傻笑享樂，叫我們對社會中不平等的事情安然若素，但是還是有一些年輕人熱血上腦，去挑釁、去批判、去叛逆固有的一切。一個沒有反叛的青春是可悲的，更可悲的是當今社會令所有安於思想禁錮的人成為物質的既得利益者，使他們可以理直氣壯地指責反思這個社會的人：「是的，這世界是不公平的，但它令我快樂，我不需要公平。」

美國六十年代有反戰青年，法國有1968學生運動，日本有反安保運動，構成他們的，都是「憤青」。而在今日變動不居的中國，「憤青」就是龐克樂手、美術學院學生、王小波的讀者、迷笛音樂節的觀眾……相對他們的前輩他們也許淺薄和脆弱，但憤怒總是好的，比起麻木和妥協。

但是憤青在他的發源地北京真是買少見少。反而我現在能看到的憤青都是在《非音樂》、《我愛搖滾樂》等雜誌報導的外省青年，而且，往往是那些來自中等省會城市的青年，像蘭州、瀋陽、長沙等地方。因為在北京，有的是欲望的滿足、精神和物質上的「糖衣炮彈」，外省青年面對著更多的壓抑和苦悶。其實這比較不但是地域上的，更諷刺的是出現在年齡上的，今天真正的憤青其實已經可能不「青」，很多已經三十歲以上。作為過期憤青的我們和今天的青年已經分隔兩個世界，他們有我們完全不能理解的快樂和悲傷。年輕的時候我們最愛說的一句話是「不要相信三十歲以上的人」，現在我們也應該勇敢地把自己作為自己的反對對象，這才是終極的憤青精神。

夜四環之聲

半夜，我和顏峻去四環上記錄它的聲音，和寂靜。我們去到這些地方：安慧橋、望和橋、四元橋、霄雲橋、展春橋……他在錄下載重大卡車轟隆而過的音樂，我拍攝的，是車到來前、車過去後那廣闊的寂靜，寂靜的光和影、寂靜的交通結構、寂靜的北京邊緣之夜。

我們想起的是東四環紅領巾橋。很七十年代的名字，我剛到北京的那一年就住在紅領巾橋外十里堡農民日報社大院裡，而顏峻住在馬路對面，晨光家園。我寫過這樣的詩句：「星星卻常是我激盪的盛宴——我走四環，出紅領巾橋，車頭與磅礴的晨光迎面撞上。」那是我們那年常有的共同經驗：徹夜音樂後凌晨一起打車回家，晨光微露馬上就盛大起來，夜和日彷彿就以此為分界，音樂迅速轉換成為北京巨大的公共建築、成為無法理喻的空間想像，因為其無法理喻，它又再成為音樂。

以上是題外話罷，我們那時分享的除了詩、歌、計程車費，更多的是晚上失眠時四環路上傳來的車聲。這已經成了顏峻的情結，某次回答一個外國媒體的問題：「你最喜歡的北京的聲音是什麼？」答曰：「四環路上的卡車聲。」而我的回答還要過份一點，就是坐在空蕩蕩的末班公共汽車（比如說，302路）沖進一個長長的橋底下那一霎，潮水彷彿一下子從洞開的車窗湧至、灌滿，連老汽車地板上鋪的木條都像是在低壓中蜂鳴，那一霎我只能想到海。

空車、煤車、沙石車、小垃圾車，它們都有不同的歌唱方法，而四環是巨大的共鳴腔。吸引他的是聲音，我更迷戀這聲音的載體。比如說在霄雲橋過去的一個旋轉處，彷彿美國公路電影的神秘出口，巨大的兩壁上升和延伸著，一閃而過的汽車和人都仿如無物，只有遙遠的一盞路燈，它流出的光線瀉下於每個塊面的邊緣，像它們自身發散出來的……

六環相套的形狀，就像老宣傳畫中發射塔發出的一圈圈電波，最裡圈的沉靜有時叫人悚然，歷史告訴我們，這沉靜往往飽含機鋒，悸動一觸即發，但當然更美妙的是能忘記一切、誤入百花深處胡同、見幽魂相呼。二環到三環、三環到四環，一切都漸漸規整起來，「現代化」的有序教人「安心」，人間氣漸漸氤氳，如有未熄的霓虹，在叢叢迴旋處便不至於迷路。但四環外，多歧路，仍然有尚未開發的工地、廢林，挖開的地表，裸露的管道，半堵斷牆，牆上都是抗議地產商迫遷的海報……一個個

意外的空間，以四環為分界線。五環過於實在，六環則渺茫不可想像——就像卡夫卡《萬里長城建造時》裡信使的聲音，皇都的界限是含混的，到那裡，說和聽都沒有意義了。

所以最後，我們還是回到四環來，打開快門和採音器。緩慢地，四環路又圍繞著我們繼續它的轉動，漆黑得像水中的磐石，經過長期曝光後竟然打磨出了紅色和金色的質感。

節日

我剛從好戲連場、天天都是藝術節的愛丁堡回到北京，這感覺就像高更離開繁花盛彩的塔希堤島回到乏味的十九世紀巴黎一樣。看官道：十九世紀的巴黎有什麼不好？它有沙龍有派對有展覽有音樂會，有偷情有決鬥有多性戀有四角關係。是的，但它沒有節日，沒有一個真正屬於自己的節日。

北京也是一樣，作為一個文化中心、一個準國際大都市，該有的都有了，甚至有得過份，比如，夜生活之繁雜糜爛，比之十九世紀巴黎有過之無不及。但是，飲食男女們都隱隱失落著，他們只好自己搞些小風波作狂歡的藉口，非飲食男女們就更鬱悶了，上班下班，為未來的幸福生活忍耐著剝削。死水中也偶有微瀾，迷笛音樂節啦、朝陽音樂節啦、大

山子藝術節啦、長城Party啦……但是它們都只是像一場週末的戲，離Festival還遠著呢。

所謂節日，最重要的一點，是它的涵蓋面：只有一個人人都會參與的、持續的快樂才能稱之為節日。沒有一個國際性的藝術節是只有藝術家和文藝青年參與，而缺乏了所在城市最普羅的人們的。世界上到處都有藝術節，但為什麼愛丁堡藝術節能成為世界最大的？因為它的每個市民和每個遊客都是藝術節的一部分，看前衛戲劇的有來自貴族學院的學生也有帶著孫子的大媽，和街頭魔術師合作表演的就是旁邊咖啡館的小侍應生。而所謂「持續的快樂」不是北京式的夜夜笙歌，而是當你在Jazz酒吧欣賞完樂隊演出迷醉的Swing後，晚上有時間做一個好夢，第二天一早又看到清新健康的笑容，他們將為你帶來高地的民謠、新奧爾良的根源布魯斯。

北京原來最成氣候的節是迷笛音樂節，尤其是2002年2003年那兩屆，樂隊們不裝牛逼、與民同樂，主辦者門戶大開還供應廉價啤酒，門頭村村民們賣羊肉串撿礦泉水瓶之餘也不忘把小孩扛到肩膀上看看金屬搖滾的華麗，還有那一撥撥的少年們，露宿草地，以各種風格的音樂做背景，完成了自己的成人禮。但去年就不行了，站在堅硬的雕塑公園水泥地上，人們未免有些呆滯，舞臺前的大鐵欄令人蹦不起來，更遑論POGO插水了，音樂節變成了一個大型音樂會，樂手上場下場，觀眾尖叫鼓掌，和工體裡的一場秀無異。

節日，應該使「節」成為「日常的」，而不是把兩者區分開。

BLOW UP 北京

BLOW UP，放大，這個詞會令多少電影迷和六七十年代的懷戀者激動起來。是的，安東尼奧尼的弔詭之作，神秘主義的玄奧和心理分析學的深度之上，是一層華麗的時尚外衣（當然，也是千瘡百孔的），從最感性的角度把我們煽動了。放大的過程是多麼刺激，以致我們不用管放大的結果是沒有結果。

不，我們不是要談六十年代的倫敦，我們談的是前奧運時代的北京。我們迫切需要一件這樣的時尚外衣，即使最嚴肅的人也需要，於是就有了做清談節目主持人的哲學家和詩人、做時尚雜誌性專欄模特的樂評人、還有做娛樂版記者的小說家。我也差點做了《放大》裡那麼一個時裝攝影師，幸好沒有，試想一個口口聲聲要批判「準資本主義社會」文化的人，白天去拿著相機拍攝種種泡沫並粉飾之，晚上卻回家打開電腦做手術醫師狀，那是多麼變態的自虐狂啊。

倒是無意中，我發現了《放大》風格的攝影手段，其實是這個城市需要這樣的觀察——這個城市有點像四十年前的倫敦，它擺脫貧窮的速度、它在蛻變過程中營造的種種廢墟、它的羞恥心和健忘症，都很像。我越來越迷戀大場面，但是那種平平無奇的、蒼白的大場面，就像《放大》裡那張黑白照片中一個普通公園的一隅，而不是比如說SOHO現代城開幕式那樣的輝煌和人山人海的大場面。我感覺到，在這些乏味的所謂「城市風景」中，最能發現這個時代的秘密，或者說，在這個城市生存狀況的本質。

放大的過程是逆北京的結構運動的，北京的環路就是一層層放大的漣漪，我們卻不能做它站在最週邊的擊石者。我們的放大鏡必須從那些最顯眼的目標移開：從天安門移開，移到旁邊的中山公園；從後海移開，移到更隱蔽的菊兒胡同；從北京電影製片廠移開，移到薊門橋下一個橋洞；從中關村移開，移到蘇州街口最後一座蘇式居民樓；從798藝術區移開，移到工廠西門的一個羊肉串小攤；從百望山移開，移到國防大學對面一條輸水河；從香山移開，移到植物園南園一個小坡……接著進入細節的放大：那個在假山假水中舉起V字手指留影的女遊客、那個在自家小店窗口上用毛筆書寫「可口可樂」大字的老頭、在劇場外的鐵籠子內陷入黃昏的迷醉的小男孩──全然對大山子藝術節的電子音樂演出沒有興趣……最後是那個兀自獨立於草坡遠景中的女子，身體彎出了優美得彷彿八十年代（那個時代我們人人都是芙蓉姐姐）的曲線。

這一切，只要我有安東尼奧尼的耐心，我仍能不斷放大，直到尋找出它們的陰影、那些不足為外人道的結果，那結果就是幻相、就是虛無。女遊客背後的旅遊城市虛構；毛筆代表的中國文化對可口可樂代表的美國速食文化的無奈接納；小男孩代表的工廠原居民對798廠的藝術轉型的格格不入；獨立女子在郊外才能自由的外省、過氣的美學。這已經是過度闡釋了，如果我還繼續放大下去，也許還會像《放大》電影一樣，發現那模糊的銀鹽粒子，竟像一個謀殺的現場。

什麼是這個城市變得摩登起來的代價呢？誰是這虛無的謀殺案的死者，真的是子虛烏有？其實很多東西都是不可放大的，一經放大就會痛，所以人們選擇了永不曝光。

北京植物園。

工人文化宮。

四環路上運送蒙古式殯葬用品的貨車。

798新民謠音樂節，圍牆外。

地鐵站月台上。

國家圖書館廢棄的一角。

北京往哈爾濱火車上。

沙塵暴將至，中央美術學院體育場。

SOHO現代城開幕日。

子夜的東四環轉彎處。

淘舊書記

十月在北京，最大的收穫是秋風和舊書。某日逛完三聯，百無聊賴又走進隆福寺街那家中國書店中去。其實近年已經對中國書店不抱什麼希望，其一是因爲眞正好的舊書很少流進那裡了；其二那些稍爲特別一點的舊書都索價甚高，定價者熟知淘書成癖者的心理，只要是罕見的版本，不管內容如何必要高價，比如說一些晚唐、明清詩人的集子，即使是八十年代的版本，也動輒賣五、六十甚至近百元，比新書還貴上數倍。

但還是有漏網之魚，像我這次僅以三元和四元購得的《西遊補》和《卡斯楚·阿爾維斯詩選》，都混雜在一堆廉價處理的書中。前者明末董說著，從《西遊記》衍生來的奇玄小說，魯迅先生評道：「豐瞻多姿，恍忽善幻，奇突之處，時足驚人，間以俳諧，亦常俊絕；殊非同時作手所敢望也。」見其言便心嚮往之，今日終於得以一讀，簡直如獲至寶，無論它變化多端的結構文字、還是它天花亂墜的內容，都比今日的魔幻現實主義有過之無不及，而且它又加上了東方特有的糾纏萬端的情、夢之困，讀之更叫人耿耿於懷，我已經把它封爲我最愛的中國古代小說了。後者是一個極少爲國人所知的巴西十九世紀天才詩人，一九五九年的譯本。恰巧，我走出書店就碰見了兩年沒見的詩人肖開愚，我們在隆福寺街上席地長談，開愚翻閱這本詩選也爲之驚異：前所未聞的詩人，清新俊朗的譯筆，甚至翻譯者的名字也爲我們讚歎：亦潛。都是這個時代所沒有的。

淘舊書就是如此，奇妙。北京我常去的舊書肆，除了著名的琉璃廠、潘家園，還有五道口那個大地攤。那裡也發生過一件妙事，前年冬天，我耽讀美國漢學家宇文所安，於其一篇〈苦吟的詩學〉中讀到一個清朝廣東詩人黎簡，黎簡從學李賀、黃庭堅入手，刻意求新，極「峻拔清峭」之致，我甚喜歡。結果第二天就在五道口舊書市場一堆亂糟糟的英語教材中間買到一本《黎簡詩選》，讀了一個月，後來還寫了一首詩〈初冬憶黎簡先生〉。是爲緣也。

欲望城市

我的一個朋友，最近從北京到香港定居，驚訝地告訴我，她發現這個她從小想像為紙醉金迷、人欲橫流的城市如此保守，這裡的人個個彷彿清教徒般不涉情欲。而我告訴她，其實造成這麼大反差的主要原因是北京的欲望太氾濫了。北京彷彿個個女孩都是煙視媚行的女俠，男孩都是「十步殺一人，千里不留痕」的浪人，在燈紅酒綠之地，曖昧的眼色幾乎以每秒鐘一個的速率交換著，每個烘上來、飄過去、甚至是飛走了的身影都散發著熱乎乎、迷糊糊的氣息、暗號：愛我吧，你是有機會的。至於欲望是否可以兌現，倒不是最重要的事情。這中間的過程迷人，值得長期緩刑。

北京的青年是全國最快活的青年——只要你有足夠的勇氣、一定量的「才華」，你就能得到一個大唐時代長安青年能得到的東西：愛情、榮譽、一夜成名。關鍵的是這一切都那麼理所當然，而且看上去很健康，以至於顯得中年人的欲望都那麼不健康和功利，青年人用愛情換取愛情，中年人只能用愛情以外的一切籌碼換取愛情。當然，那些和中年人作交易的青年除外。

因此這些欲望顯得並不那麼洪水猛獸了，甚至能和純潔沾邊。他們驕傲於他們的性，是那麼純粹，就如呼吸、喝水般自然。一個拒絕性的人是古怪的、不可信的。但我聽過拒絕者的理由：也是出於驕傲，他想保持清醒。也許他討厭欲望，欲望總是有其隱晦目的。

SEX & DA CITY，後海一家酒吧就叫這個名字，這次是一個香港來的傳媒朋友吃驚：「只有地道的紐約黑人英語才會把THE說成DA，他們怎麼懂得這？」關於欲望，香港常常是講多過做，而且講的往往是別人的，懂得的未必能實踐；臺北是邊講邊做：講得很斯文、做得很美觀；北京喜歡探戈，形式複雜但可以不發一言。上海就更奇怪了，他們的欲望，竟然幾乎無關愛情。

定風波

定風波，詞牌名，最有名是蘇軾那首：「莫聽穿林打葉聲，何妨吟嘯且徐行。竹杖芒鞋輕勝馬，誰怕？一蓑煙雨任平生。／料峭春風吹酒醒，微冷，山頭斜照卻相迎。回首向來蕭瑟處，歸去，也無風雨也無晴。」所謂「故園風雨後」的坦然、釋然。

由「定風波」我想起北京的水，那是這日漸喧囂的大城唯一能安慰我使我平靜的地方。除了月球上把平原命名為「海」，北京的湖命名為「海」是最詩意的，彷彿它們和遙遠西北的「海子」是明淨的兄弟，或底下竟有暗湧相通。但所謂的「什刹三海」現今只變了酒池肉林，我懷念2001年以前的後海，那時尚有寂寞堪言。也許有人會記得，現在樹立著「茶馬古道」、「嶽麓山屋」的地方，原來是一家中國書店，有大量七十年代左派書籍和連環圖，還有幾個門口丁立等人的人，旋即湖面結起了冰，旋即天暗了，雪落了下來，且越大，沒有要停的樣子。

旋即春水又漫生，有人「垃圾堆上放風箏」（卞之琳的詩），旋即瘟疫來了，那個夏天人們緘默、而草木深，旋即瘟疫去了，欲望光明正大登場，鬧烘

烘的世界大笑著，甚至拉你的袖子說：「先生，我們的酒吧有好多的好女孩，不妨一看。」寂寞的人，請躲避，躲得遠遠的。

幸好還有那麼多五十年代殘留的老公園爲我們的新貴們所不屑。紫竹院、玉淵潭、甚至還有百望山下的藥用植物園，爲那些鍾愛小小的舊喜悅、小小的舊幸福的舊人們所保留。我

記得我們曾在一個黃昏走進紫竹院公園後門，水左右流著，沒有遊人，我們看見一隻木船木木的在水道上等候，它旁邊的牌子說這水道竟是通向圓明園去的，我們想如果我們坐上去解了纜，就像《東京日和》裡的荒木夫妻，做一個夢就漂到了柳暗花明的無邪世界。

中國也還有這樣的一些角落，讓人從一片昇平的喧囂中逃離到寂寞的上個世紀。比如說十月我們故意去了一個「背包客」們最不可能去的老旅遊點岳陽。洞庭仍有百里，日日霧裡涵光，風波定，時尚忘。唯記起往年初冬的昆明湖亦如是，灰中透出綠，渾沌中飄來閃閃微雨。

塔後身

秋天深時，突然想起香山的塔後身。

這是一個村子的名字，就在碧雲寺的上面，名字充滿了佛家語的弔詭和多情。既然是塔，又為何要有後身呢？塔難道不是所有建築中最不吃人間煙火的嗎？但是反過來想，即便是不吃人間煙火、超離世俗的塔老人家，也難免念及自己的後身、來世，掛牽必然在，佛者「覺有情」，孰能無情。所以塔後身真的就成了碧雲寺的世俗之掛牽，至今仍然盤聚著小村落，我第一次去那裡就是去拜訪一個現代的居士，他也許是想離鐘聲更近一些，但又不想

和清規戒律有什麼聯繫（更別說香火布施了），實際上，除了有著佛教信仰這點，他完全是一個民間學者。他在這四合院的小屋裡讀心經也讀海德格爾，聽古琴也聽Bob Dylan，他更像一個詩人，古代的。我第一次領略素菜之妙也在此，居士採了一大把蘑菇，僅以清水白鹽煮之，鮮嫩不可言。

後來才聽說，我最喜愛的現代文學家，廢名／馮文炳先生也曾客居於此。據說他著名的《莫須有先生傳》就是戰亂時他避居塔後身村舍所寫，證據是，莫須有先生如廁時可以飽覽西山的景色，於是乎他頓悟陶淵明「采菊東籬下，悠然見南山」之意境。這是我的一個同好廢名的文學博士朋友推測的說法，後來他還告訴我沈從文先生初闖京城時，也在這裡

混過，其實他們卜居的理由肯定和我的居士朋友一樣：皆因廉價的租金和無敵大山景（不亞長城腳下的公社），性價比甚高。而且「知者樂水，仁者樂山」，廢名和沈從文當然都是仁者，溫柔敦厚之至，同時又知道塵世的大悲哀，故也甘居塔之後身，寂寞懺悔。

最令人慶幸的是這個山下的村莊現在還相當寂寞，居士走後，我去過兩次，那是因為另一個朋友，一個來自江南的女詩人住到了這裡，她即使現在每天要坐兩個小時公車遠赴亞運村上班也不願搬走。她也姓沈，常希望能在上下山的荒涼路上能碰見其宗長沈公之魂。

寂靜的春節

春節這個概念，只和童年記憶相關，現在我們過的春節，只是一個節目，不是一個節日。童年，在粵西北，就像越南電影《青木瓜之味》裡那雨打芭蕉的一個清麗之地。童年的我早熟、內向，在鄉村花園裡一個人發明好多遊戲玩，未知道此為寂寞。春節給我留下的印象卻是最寂靜和落寞的，尤其是冬雨常淅瀝，昨夜的爆竹殘留了一地的紅紙，都濕成了暗朱色的泥，母親串門去了，我只和老祖母相守小炭爐，我給她講故事……長大後回憶那些場景，竟彷彿二十年代的嶺南、江浙，魯迅等人的童年似的。

寫過一首〈年夜詩〉，前面引的是姜夔一句「笑籬落呼燈，世間兒女。」後面說：「清晨起來念門上大字：年年歲歲無窮已。路上又走來嫁娶的隊伍，一個黑夜裡來去的馬戲團。在我反反覆覆的小戲臺上演白鼠偷燈、老漁夫翻筋斗，說是二十年前，一夢泛起了花葉上風浪。」還寫到「我打開一個中國盒，一層、一層，那二胡鼓鈸，淅淅瀝瀝打濕。舊木門連夜不關，多少年前的客人隨風步進，盜走我一張張墨塗的春聯。我於是追趕著出去，從此漂泊至今。」這倒是真的，鄉下守歲不關門是真的，我漂泊至今也是真的。

像很多寂寞的孩子一樣，我也漂到北京，在北京過過春節。那是一個中國盒似的空城。我替臺灣的雜誌做過一個專題《在北京怎麼過春節》，猶記得第一個採訪的就是住在後海胡同裡的盧大媽，她是五十年代初出生的北京人，一九七一年下鄉，九十年代才調回北京來。她追憶老北京的糖果粘、新餃子、第一桶水，還有從下鄉的山西帶回的風俗：「在除夕晚上，點一堆旺火，然後在春聯上寫一個：旺氣沖天……就這樣點著大火，聽著鼓樓那新年敲的鐘，一下一下的」……我也記得那些溫馨，在我的〈枕邊書〉上寫下「一幅墨畫，冰薄水暖，我們說話仍如青草暗長。隆多臂彎輕圍就是春節，爆竹三聲，仍不能叫我們驚醒」，給我來自北方的妻，為我們過過的，所有寂靜的春天。

失樂園

走過中國許多地方，我所眷念的樂園不是那些美侖美奐的名勝之地，而是貌似廢墟卻容納了一群特殊的人在此秘密地自由生息的小地方，像雲南的束河、成都的寬巷子、圓明園的東村、老中央美術學院……後來，它們很多都失去了，被拆遷、整頓或者商業化之。現在，又有一隱逸之地將要被破壞，那就是北京大學的後湖朗潤園、鏡春園和全齋區域。

朗潤園曾經是恭親王奕訢的賜園，在鼎盛的時候曾有房屋237間、遊廊31處，上個世紀20年代燕京大學買下朗潤園做教工宿舍之後，不少名師大儒都曾在此定居。鏡春園原是和珅淑春園的一部分，賜給嘉慶的四公主之後改名為鏡春園，清亡以後，該園長期為徐世昌家族所擁有，直到50年代北京大學進駐燕京大學校區之後，鏡春園才收歸北京大學，成為教工宿舍區。在鏡春園裡曾經居住過王瑤、余冠英等國師級的學者，在朗潤園居住過季羨林、張中行、金克木、鄧廣銘「後湖四老」（張中行先生前兩天也去世，現在只剩季老了）。全齋，則是當年燕京大學司徒雷登所建「德才均備體

健全」七齋之一。所以它們所擁有的歷史、文化意義，不只是名園美景四字能限。而且現在，這裡的平房區還住了許多清貧學生和嚮往北京大學氛圍的校外遊學人士。

很多北京大學朋友都已質問、憤怒，當然那是無法改變執事者的決定的。執事者也有解釋「這次拆遷不僅不會拆掉古建築，相反會恢復明清時期的古建築風貌」云云，那就是說，北京大學的北面除了會增加一個龐大的「國際數學研究中心」，還會出現一個類似「明清影視城」之類的中國特色旅遊景點，消失的，是苦讀學生

所居的平房寒窗、幾十年來結成的好鄰居、湖畔種種質樸的生活細節。還有，是否只有明清時期的歷史才算得上歷史，燕京大學時期的呢？解放後五十年代那個純樸北京大學、八十年代那個理想主義北京大學的呢？他們的歷史就可以輕易清拆嗎？

他們也不是第一次幹這種事了，北京大學南門的商業街，四年前被北京大學資源公司野蠻迫遷，連夜推倒的廢墟至今猶在、抗議暴力拆屋的橫幅也猶在，北京大學的顏面實在難看得很；而五年前拆遷的小東門外胡同，則更是可惜，雕刻時光咖啡館、萬聖書店、那裡咖啡、藍羊書店這些現在著名的文化新地標，當年都擠在短短一胡同裡。一個小小的文化場域的形成，自然自在，和周圍的小平房、小平房裡的窮學生們渾然一體，結果也說拆就拆了，至今那裡還是工地。如此前科，我們還敢相信北京大學的管理層嗎？

北京大學的後湖一帶在冬天雪後最美。我記得2000年我第三次到北京，和北京大學的詩人朋友呼聚於小南門餐館，酒酣時有人倡議未名湖上打雪仗，於是雪球紛飛、詩人們回復頑童本色，又有人施展滑冰妙技、連番滑倒；接著我們呵著熱氣沿未名湖冰面向後湖走去，龐大的雪在我們身邊靜止。我們穿過冰封的荷池，指點著池畔老詩人們的房子。我蹲下在枯荷之中拍照，太黑暗了，而我在滿地的銀光中隱身，默念著：「那一夜，我們漫步直到天色將明。」「越過疏疏的林子，鑽過橋洞，這是誰寫的詩？沒有人回答這提問。」多少人記得那個晚上？我寫過一首詩紀念，然而，俱往矣。我還記得最後我們走到了西門，已經是凌晨4點，門外竟然還有一家酒家沒有打烊，於是便燙了黃酒，繼續飲至天亮。

偷拍七十年代

來，結果是連走道地板上都坐滿了⋯⋯我，坐在第一排，手中藏著一部數碼相機。

那晚我偷拍了一百多張「劇照」，現在才整理出來，我可以說那是我的觀念攝影作品：對安東尼奧尼「偷拍」中國的偷拍。黑暗中的顫抖（更多因為激動）、傾斜的角度、廣角鏡頭的變形、測光的不準、自動對焦的模糊⋯⋯這一切都在大師的影像上硬生生地打上了我的私人印記——其實，是把他處理的七十年代公共回憶強行拉回到我對七十年代的私人回憶中去了，而七十年代，在

我的選擇性記憶梳選中，也是這樣顫抖、傾斜、模糊的，且僅餘片斷。

安東尼奧尼自白：「不打算評論中國，而只想開始觀察中國的各種面目、姿態和習慣」，1972年陪同他拍攝的政府人員「善意的引導」被他識穿，於是他只能偷拍，冒著日後被人民日報社論指為「惡毒的用心、卑劣的手法」的危險。幸莫大矣，如果不是他的懷疑精

04年的12月，當然已經是冬天，但那幾天電影學院擠得水泄不通，我們每天都激動著，因為是安東尼奧尼的回顧展，人們甚至謠傳中風的大師竟然會在嚴多來臨北京。到了放映紀錄片《中國》的時候，氣氛簡直到了極點，一半是亢奮、一半是悲傷，一半人是一個月前買到了票，另一半人用種種途徑混了進來、甚至硬闖進

神和冒險，我們的七十年代能
存留什麼影像記憶？除了整齊
的大敘事歌舞、會議和歡呼，
我國的攝影機不敢偷偷的對準
一下真實的、民間的事物，更
別說那些歷經磨難的面孔了。

然而這些面孔上面偏偏有光的
存在，不是那時強悍的舞臺
光、更不是化妝油彩抹出的紅

光滿面。那也是照亮我回憶所
選取的影像的光：她們是安東
尼奧尼七十年代在中國注視過
的美，比如說一群「紅領巾」
聚集在沿街的視窗或走在郊
外，一個民警白得發亮的警服
……黑暗仍然是畫面百分之九
十的現實，甚至，百分之七十
是純黑。她們從黑暗的街道中
走出來，微明的白襯衣是辨認
她們的唯一憑據。一場電影以
她們為中軸展開，黑暗嘩啦嘩
啦如洪水傾瀉，她們無法從黑

暗的街道中走出來，她們的白
襯衣，也埋葬了我溫熱的裸
體。春風颯颯，在我出生前、
鐵幕下，剪除了多餘的鏡頭、
多餘的髮稍。然而，那冬夜，
春風仍舊美好，膠片的顆粒粗
糙，澀人。

圖解80後

一直不想說這個話題，但最近看了南方一本時尚雜誌做的80後專題，倒是想說點什麼。這個專題裡最吸引我的不是對那幾個早已符號化的偶像人物的採訪，而是後半部採訪的80個「普通人」，一律配以細節豐富的大片和直白簡單的問題。看得出來現在主持媒體的中年人或後青年們都很關心前青年們的生活，他們自己卻不太在乎。編輯拚命想把他們引向一個預設的80後形象：不外乎物質化、速食化、激進、享樂……但好像不是這麼一回事，或者說，他們以我們想不到的方式物質著、速食著、享樂著，同時幾乎毫不激進。

他們的話真的那麼「生動有趣」那麼「有個性」嗎？其實都是從電視或者MTV裡學來的套路；他們在鏡頭前的姿勢也都是模式，只不過不是我們的模式。從圖片看來，藝術青年的物質最豐富，相對而言那些運動員、工人等樸素很多，即使是「奢侈品專賣店店主」的房間也是簡樸的，快遞員就更不用說了。因為很多人都還是租房子住，原來房子的一些八十年代裝修特質跟他們形成反襯，但是這些裝修跟他們一樣老。大部分人都還住得很簡陋、生活得波希米亞，這是他們力量所在，就跟我們有過的一樣。他們將來也面臨分流，富裕同時庸俗或堅持清貧但更有力量，恐怕也是前者居多。

精神上呢？最奇怪的是好幾個人都崇拜毛澤東並把他視為哲學家，無論是實驗話劇導演、街舞冠軍還是公司部長，70後的憂鬱、懷疑精神他們卻比較少。除了一個渴望普選的插畫家，其他人都不涉政治。最政治不正確的是一個畫廊主持人，她對貧富的態度是「人就是分三六九等」，她對自己的物質生活不滿足。文藝青年都不滿足，滿足的都是平凡人。

他們就是適合用來圖解的，因為他們的單純，他們可以說很多關於自己的話，說得很輕鬆。而我們，所謂的70年代生人，沈默的時候覺得憤懣，開口同時又馬上感到空虛，只好默默地對自己苛刻，深藏悲觀又假裝熱心地幫80後製造他們的烏托邦藍圖。

沙滾滾但彼此珍重過

暮春時節，從香港來到北京，驚覺沙塵暴已經偷天換日，北京「像一個滾動在沙漠上的黃桃子，絨毛上都滲滿了沙土」（我妻子的比喻）。如此嚴重的沙塵暴天氣近幾年的北京也好像也不多，03年我們都渴望過它的到來，我們寧可滿嘴沙子也不願滿臉病毒。我記憶中的01年春末是狂風夾帶沙子的天氣，02年春末才是真正滿城盡戴黃金甲的盛況。

那一年有一個巧妙的誤會，成就了我政治意味最「濃厚」的幾張照片。02年春天，我出自洗脫感情上重重糾葛的原因，索性剃了光頭，隻身赴臺灣去，買了環島火車票，作了一次傷感的旅行。環島前夕，恰是元夜，與留學臺北的兩個香港朋友夜遊中正紀念廣場。燈飾處處，面孔張張，然回首，沒有人在燈火闌珊處，廣場上只流動巨大光影。

那天晚上拍的底片、翌日在臺北火車站拍的底片，一個月後回北京忘了沖洗，沙塵暴俄傾掩至，急忙中誤把拍過的膠卷又裝入相機再拍了一遍北京。於是乎，北京、臺北的影像竟無意重疊為一了。一張是枝葉扶疏的胡同加上了中正紀念堂火光勾勒的人影；一張是天安門廣場上的旗杆、禁止行人通過的標誌，加上了「前往臺北」的列車記號、臺北的人頭湧湧；還有蹲在十里堡水泥管上的兩個農民工，加上了元夕焰火的一刹光亮。色調，一律是沉鬱的土黃。

此為觀念攝影乎？我無意並列的，是願望？還是差異呢？

由沙塵暴而來，我的筆已經離題萬丈。但其實我剛想起那天重聽達明一派的〈皇后大盜〉：「共你淒風苦雨，共你披星戴月，共你匆匆千里度一生……沙滾滾，但彼此珍重過。」要是要我對中國說上一句話，此刻非它莫屬。是愛是恨早已不分明，也不想分明，我曾經寫過「在一個隨身攜帶的祖國的屋簷下，靜靜的想起了平生下過的雨」這樣的詩句，也寫過「我的那一個中國，即將賣作戲劇裡那一個中國。」無論如何，這個奇怪、髒兮兮，時而黃金漫天，時而回風飛雪的國度，在古老的音樂響起來的一瞬，竟然變得如此可愛，就像你從小同甘共苦、卻終於失散的愛侶。

星散

去年冬夜，我寫過如此灰暗的詩句：「貓的眼中不見瞳人——／水銀柱降，三環上／車燈滅，唯聞弈棋聲。／此外者皆為星散，／我的朋友星散，生涯星散，／時光是一襲隱身衫。」時光是一襲隱身衫，它所隱去的，就是我星散的友人。他們因為種種原因離開了北京，而這個沒有他們的北京，也已經不是北京。

五年前，我來北京，最大的理由就是這裡有我的一批「同志」，他們不止是我的詩人朋友，後來更成為我人生上的摯友。我仍記得那是二月，春節剛過，到北京西站接我的是一年前僅在上海有過一面之緣的馬驊。小馬哥那時已經形成了他的風格，長袍亂髮，酒後好狂言，不斷扶起欲墜眼鏡。頭一個月沒有找到房子，和他、許秋漢共住一套一居室，他們倆都是「琴俠」，深夜無寐，一人一把木吉他給我唱自己作的歌，馬驊唱〈下午〉：「沒有人看見，一個姑娘哭了」，秋漢唱〈未名湖是個海洋〉：「詩人們都藏在水底」……彷彿夢囈，後來成真，馬驊離開北京去了雲南，義務教學，車入瀾滄江，從此潛藏水底。每次走過北太平莊那混亂的十字街頭，總能想起那年灰寂多天的黃昏，他一次次企圖穿過北太平莊路口人流，不成功，回了頭，尷尬笑一笑。

和他相識相知的人，大家紛紛離開這傷心地，走向更西、更西。龐克女子暴暴藍離開新京報，去了瀘沽湖開小客棧，她的部落格首頁寫著馬驊的詩句：「最初跳舞的人去了羅剎土，和她的佛一起」；蘭州詩人高曉濤一次次進西藏，走到越來越偏僻的地區，回來又離去，他在日喀則寫道：「潮濕和變幻是我能得到的全部寬慰。」；畫家陸毅去了尼泊爾、去了印度；一起演劇的媛媛去了法國……我曾寫多少首詩，試圖在文字中讓他們重聚，也是徒然，空陵掛劍而已。

於是，我也要離去了，北京如今也沒有了我，但北京仍會有很多為了告別的聚會、為了星散的燦爛。

北京最後一場雨

北京最後一場雨
並非為我而下，
並非因為我決絕的離去。
我想最快樂的是沐雨遊行的汽車們
一轉彎就揚起：青色的翼。

我也寧願在污水轉彎的地方
被雨迷惑、然後走進那幽暗國度，
學習影子高樓，學習樹根
倒著長大、變老。
然後睡在雨水中，仰頭
看你們沒有目的的漫步。
我暗地潛行，無人知曉的另一城，
只要不是此地，不是這裡，
我醒來時總是滿目星輝。

你們走啊走啊要走到哪裡去？
你們這些悲傷的情侶，
祝願那鑲鑽石的破雨傘也能帶你們飛起，
在北京這混沌宮殿裡。
而我要消失了，我要休息一會⋯⋯

北京最後一場雨
並非為我而下，
並非因為我決絕的離去。
然而我終於擁抱了她，
得到了雨水的吻，竟然帶著櫻桃的氣味。

北京波希米亞人物譜

陳冠中（作家）

「波希米亞中國」的發明者，也是一連串前衛時尚概念「坎普」、「刻奇」等的譯介和推動者，雜誌實驗師，中港臺三地游走的觀察家、批評家……其實什麼都不用說，他就是一個仍心懷少年意氣的前輩，浪蕩江湖數十年，早已看破時尚那些鬧劇，現在安居北京寫字兒。力作《我這一代香港人》是認識香港「精神」的必讀書，而小說香港三部曲則讓人掩卷太息。期待他的下一部，應該是對變亂中國的全面剖析。

阿魯斯（蒙古族攝影師）

阿魯斯的相機常壞，於是他從內蒙古的赤峰坐火車來北京的五棵松攝影城修理，同時他還帶來了兩千張他在草原上新拍的黑白底片。他的相機好像從來沒有好過——它只有一檔三十分之一的快門，所以他的草原永遠是顫抖的、模糊的，然而這搖動的光影正好傳達了肥沃草原的磅礡大氣，流逝的人和馬既攜帶著草原浪人的野性，又曖昧地惋惜著它的沒落。阿魯斯是近幾年冒出的「新記錄」攝影師中唯一的非漢族人，草原人的廣闊視野，再加上一些漢人教育的狡點、對人類學的興趣，令他成為內蒙古今日最赤裸的生存圖景的一個最佳挖掘者。

陳農（攝影師）

陳農的「這裡」越來越不像咖啡館，而更像一家攝影畫廊，掛滿了他尺寸巨大的攝影作品，最近更索性把一面朝著南鑼鼓巷的牆拆了，完全開放。自從使用4乘5的大畫幅相機以後，他更傾心於拍攝「導演」式作品，讓朋友和陌生人、民工、農民們穿上他手繪的服裝、自製的面具、頭盔，穿行於胡同、宮殿、屋頂、園林……甚至，三峽的廢墟，規模越來越大。而陳農越來越沉靜的性格，令他更有耐心，溫柔地操縱這一切。

車前子（詩人）

車前子人稱老車，其實不姓車。見過老車的人無不被他的風度折服：他長得完全是一個古代江南詩人般清秀，行為則魏晉隱士般亦靜亦狂。靜的是他的文字，老車的散文師承周作人、廢名，行雲流水、恍兮惚兮，他的詩從八十年代實驗至今，比很多年青詩人還前衛得多，是那種斷裂、跳躍的實驗，通常和視覺藝術有關。狂的是他的詩朗誦，每次都是一次行為藝術，比如今年的北大詩歌節，他朗誦他的反戰詩，一邊讀一邊把詩稿撕成碎片吃掉了。

崔健（音樂家）

崔健老矣！現在他是名副其實的「老崔」，他的身材發福、音樂越來越老練、歌詞越來越油滑。他越來越矛盾，有時讓人失望（在他那些爲了賺錢的音樂會上，或充滿「混子」的各種Party上），有時還又能讓人激動起來——就像這兩年他一直爲之忙活的「眞唱運動」，痛打流行歌手和電視臺勾結的假唱，就算在缺氧的雪山音樂節上他也大聲疾呼，就算要和田震打官司也在所不惜。有人說他無謂，針對一個人所共知的事實大做文章、出風頭。我卻同情，那是老崔最後的理想主義行爲了吧？但這也是注定失敗的，因爲他根本觸動不了這個娛樂機制。看著老崔，有時只能哼哼他的〈無能的力量〉。那另一個〈不是我不明白〉的崔健，已隨八十年代一併被他自己掩埋。

杜力（詩人）

大陸習慣把上了年紀的專業
上的前輩稱呼爲「老師」，
杜力卻在他二十出頭的時候
就獲得了這個稱號：杜老
師。杜老師是成長於成都的
年輕一代詩人之首，四川向
來盛產詩人，猶以七八十年
代爲甚；所謂後朦朧詩的主
要人物基本都出自四川，像
鼎鼎大名的翟永明、柏樺、
鍾鳴、歐陽江河等。但是到
九十年代，詩歌的重心轉移
向北京，四川詩人寥落，或
擱筆或從商，年輕的才子也
多從事其他藝術，不欲爲
詩，能寫出名堂在江湖立足
的，就只有杜老師了。所以
有「蜀中無大將，杜力做先
鋒」一說。杜老師其詩古奧
晦澀，費盡推敲，往往一年
方成詩一兩首，其人也甚有
古風，行蹤不定。今年他突
然攜女友赴北京生活工作，
四川就一下子失去了重心。

高曉濤（詩人）和陳芳（作家）

古來詩人行天下，細雨騎驢出劍門，西出陽關，就成了邊塞詩人。現在相反，西北的詩人音樂家紛紛入塞，混在北京。詩人高曉濤就是比較早到的一個，他來自蘭州，畢業於復旦，後入新華社工作。當年他是新華社中唯一一個留著長頭髮的人，現在他剃著光頭、穿著破洞牛仔褲，任職西藏人文地理，來往於西藏和北京之間。在七十年代生的一批詩人當中，高曉濤的風格也算異類，當大家紛紛轉向寫日常生活、城市物流的時候，只有他還在堅持來自西北的神秘主義，使用著凌厲的語言，探究著超驗的奇思。陳芳是湘西苗人，來自沈從文服兵役的地方，所寫小說和童話也詭點神異。這是兩人早期的家，北京文藝青年的典型生活。

何勇（搖滾歌手）

攝於城東大使館區，
這是最平靜的何勇……

胡嗎個（民謠歌手）

我曾經把胡嗎個等新民謠歌手比喻為在當今金錢至上的大陸社會的「準資本主義時期的吟遊詩人」，他們幾乎和生活的城市融為一體，操著一副像城市的噪音一樣難聽而又真實的嗓門，哼唱著來自生活底層的聲音。胡嗎個的第一張專輯《人人都有個小板凳，我的不帶入二十一世紀》暢快怪調的木吉他和帶濃鬱湖北口音的吟唱，調侃現今中國滑稽（尷尬）現實，然不流於輕薄，總是用敘事體的生活情境貫穿。他的第二張專輯名為《一巴掌打死七個》，開始走向音樂拼貼實驗之途，刻薄的歌詞仍在，卻被零亂的音樂消解，最後只能讓人苦笑一聲。第三張專輯《不插腿》更匪夷所思，但最匪夷所思的是去年他成了大陸最熱門的選秀節目《超級女聲》的評判。

黃文（模特兒）

攝於後海的「蓮花」酒吧屋頂。黃文既是名模，也是專欄作家，最近還出版了長篇自傳體小說，這都源於她豐富的感情經歷，正如她的新書宣傳文案所寫：「走過丁武，經過許巍」，丁武是「唐朝」樂隊主唱，許巍則是當紅的創作歌星。當然，黃文走過的不止他們。

賈樟柯（電影導演）

攝於798工廠時態空
間。剛拍完《世界》，
尚未開始《三峽好人》
的賈導，輕鬆地露出了
孩子氣的笑。

康赫（小說家）

老酒鬼康赫是可氣的，人稱「康必醉」的他，一喝酒就瘋瘋顛顛的，援引尼采把身邊世界罵一遍。但當他寫作時，他是中國當代最優秀的小說家，小說師承巴爾札克和James Joyce，對世界相容並包，運筆看似自由即興，結構卻複雜得窮極心思。其實有時我也喜歡喝醉酒的康赫，因為那時候的他就像極了他的小說人物，嘻笑怒罵，出離這乖巧世界同時又擁有著塵俗的莫名活力，這也是他小說的魅力所在也。

梁龍（二手玫瑰樂隊主唱）

二手玫瑰樂隊是一支最受外國人注目的「有中國特色」的搖滾樂隊，也是一支叫聽音樂者又愛又恨的樂隊：因為它俗，又俗得那麼潑辣、那麼有性格；它搞笑，卻又憤怒和辛酸。由假易裝癖者梁龍帶領的「二手玫瑰」，是中國第一支把東北地方戲「二人轉」融入搖滾樂的，而且學的不單是它古怪搞笑的音樂、台風，還學來了二人轉藝人的最有力本領：反諷，以自己、觀眾乃至國家領導高官作調侃對象，讓人哭笑不得之餘又出了一口怨氣。他們的歌像〈讓部分藝術家先富起來〉、〈火車快開〉等都和我們時代的無恥有關，當然演唱者也要面皮夠厚夠油滑，這成了許多嚴肅的搖滾樂迷不喜歡二手玫瑰的原因，實在是誤會了，二手玫瑰是在說反話呢。

老大（流浪歌手）

老大其實是崔健時代的音樂人，八十年代大陸搖滾初期相當有名的一個鼓手，但後來碰上了毒品，戒掉之後就彷彿看破紅塵，夜夜浪跡於酒吧不喝酒卻醉眼惺忪，大家都說他達到了「不High而High」的境界。這兩年老大改玩Blues藍調吉他，坐在昏暗的燈光下，抿一口啤酒就唱起了他傷感、蒼老的情歌，就像Tom Waits在美國的小酒館所為，那催人淚下的滄桑感，絕對是貨真價實的。夏天看不見老大，不知道是否回鄉下料理大麻去了，我們都想念他，想再請他喝一杯酒。

劉索拉（小說家／音樂家）

攝於798工廠內她的寓所。現在的劉索拉也許應該被稱作社交家和名媛，當年她的《你別無選擇》卻影響了一代人。近年作品《女貞湯》才能讓人多少記起她的激烈，那是源自她的祖先革命家劉志丹的激烈。

劉錚（攝影家）

攝於798工廠印象畫廊，他背後是他革命系列觀念攝影作品中最敏感的一幅，拍攝的是一對長征中的紅軍夫婦，讓人想起毛澤東和賀子珍。

麥子（藝術家）

最近一次聽到麥子的消息是上個月，聽說他要在他現在住的郊區通州搞一次行為藝術，他托人通知我去看，並說可以住他那裡。我已經對行為藝術深惡痛絕，所以沒去。上一次見麥子是去年底，他來找我借錢去參加長春的一個藝術節，也是去搞行為。不搞行為的麥子可愛得多，他是一個搖滾歌手／詩人／畫家和孩童。麥子的樂隊叫「微」，他的詩歌都是一些單純的夢想，油畫線條簡單、色塊明快，頗有保羅‧克利之風。剛認識麥子就是在2001年他的畫展上，畫展叫「春天的野獸」恰如其分地形容了麥子其人，那是一個又單純又猛烈的傢伙。剛認識麥子的人，都會對他的才華心生痛愛，久而久之，就會被他嚇跑。我看過麥子的回憶錄，關於他早逝的母親，令人鼻酸；也看過他關於他家鄉的詩，那裡的土地，仍然滋養著最淳樸的麥子。

馬驊（詩人）

今天稱呼馬驊應該在前面加一個「St.」，叫他做「聖‧馬驊」。這個昔日津門浪子，人稱「馬必倒」的酒鬼馬驊，他辭去在「北大在線」的經理職位，說是要雲遊四方，一個月後傳出消息：他去了雲南梅里雪山腳下一個藏族小學當義務教師！真可謂紅塵去盡，終得澡雪精神。他教育著貧困地區的孩子，而這個地方又以它的純樸教育了他。此後我們常常接到馬驊的「雪山來信」，信中的馬驊已經遠離原來誇誇其談的那個他。大家都對他能毅然捨棄浮華的舉動佩服有加，但有時也有點懷念原來的他，尤其是每當他喝醉後，他總愛唱他翻譯的Beatles和Bob Dylan，比如說：「小時候，我們住在，一艘黃色的，潛水艇……」那個時候的馬驊，是最可愛的馬驊。
2004年6月20日，馬驊在進城為學校買粉筆回來的路上，汽車墜入瀾滄江，失蹤至今。

牟森（戲劇導演）

西藏回京後成名的
一批人之一，導演
詩人于堅的長詩
《零檔案》和《彼岸》
是其戲劇的巔峰。
攝於其家花園。

宋雨喆（木推瓜樂隊主唱，圖左）
李鐵橋（前美好藥店樂隊樂手）

「木推瓜」這個古怪的名字，據說是宋雨喆一天看見一個賣西瓜的人推著木頭車想出來的。這支樂隊曾是前幾年地下音樂中的頂尖名牌，樂隊的風格比他們的名字還要古怪：那是一支混合了西洋歌劇的誇張舞臺感、社會主義民間歌曲的熱烈、八十年代詩歌的批判精神和宋雨喆個人的神經質的馬戲團式樂隊。他們的名曲〈哆嗦哆〉以一首八十年代的童謠〈娃哈哈〉結尾，諷刺著「花園般的祖國」；〈鋼鐵是怎樣沒有煉成的〉則唱出了一個「鐵渣時代」的青年的悲哀。

第一次知道美好藥店是因爲三年前他們在北京一次轟動的演出，他們穿著醫生的白袍綁著繃帶上臺，演奏即興任性，猶如行爲藝術上演，當時我對他們古怪的名字和台風有點不以爲然。然而樂隊後來的發展使他們幾乎成了我最喜歡的一支樂隊，他們的音樂竟然走向實驗爵士樂的風格去了。當然這跟他們優秀的薩克斯風手李鐵橋有關，他迷戀著從John Coltrane到John Zorn一脈以下的強調即興的前衛爵士樂，並利用自己的敏感加以發揮。現在鐵橋到了挪威，仍然自由即興，和冷靜的北歐爵士形成很大反差。

王凡（實驗音樂家）

這個時代能被稱爲天才的人已經不多了，尤其是在音樂圈——因爲它充滿了離天才只有一步致命的距離的種種「奇才」，所以王凡的存在實在令人驚嘆。八十年代末，他在蘭州，只是一個中學畢業、很可能沒有什麼專業知識的小電工，他根本沒有機會聽過外國的電子音樂、氛圍音樂、拼貼音樂、LOW－FI音樂什麼的，他卻開始用簡陋的電子元件自製樂器、錄音器材，加上一把國產木吉他，創作了大量旋律古怪的歌曲，後來這些製作粗糙的錄音小樣成爲了當年他爲數不多的幾個知音的珍藏，我只是在他某次音樂會後聽喝醉了的他唱過一些，大多是苦澀的情歌，奇怪的是曲調雖怪卻令人過耳不忘，難怪有人說王凡有做流行歌手的潛質。九十年代，像其他許多蘭州天才一樣，王凡也來到京城，簡直是如魚得水——不是說那花花世界，而是這裡大量的音樂資源。他隱居北京之北，每次出現必叫人耳前一亮，他的音樂越來越抽象、迷幻、宏大以致有洪荒之感。

王磊（實驗音樂家）

王磊是和王凡齊名的大陸電子實驗音樂的兩大「教父」級人物，不過一個在廣州一個在北京，一個在明一個在暗，一個時尚一個傳統。兩人的音樂走向也恰好相反，王磊是以崑曲唱腔的冷搖滾〈出門人〉開始，最後走向現在徹底的硬派強烈電子舞曲〈十個兄弟抓住一個傢伙〉；王凡卻越來越低沉，幾乎進入宗教音樂的冥想中。〈十個兄弟抓住一個傢伙〉的現場演出極其兇猛、張揚，好像要撕心裂腹般，令人難以置信王磊瘦小的南方人身體中隱藏如此巨大的能量。

王煒（詩人）

如果說北京還有大隱隱於市的人的話，王煒絕對是其中之一個，在其同代詩人中，他可算是技藝非常精湛的，但他很少發表作品，也幾乎不參與任何文學、藝術的活動，除了每天大量的閱讀、一點點的寫詩，他最大的愛好是彈古琴。王煒原來住在香山，現在搬到百望山，離城市稍近了一些，他仍然深居簡出。他的詩歌是晦澀的，和現代藝術的關係密切。如此看來，難道王煒是個古氣盎然的老學究？其實不然，他是個大頑童，最愛做的事是帶我滿山跑、喝酒、爭論詩歌、開玩笑，他開的最大一個玩笑是編了一本書，讓五十個獲諾貝爾獎的人各推薦三本有趣的書並列舉理由，當然這些推薦和理由全部都是王煒自己杜撰的，這本書可以說是他的一個行為藝術作品。

兀鵬輝（藝術評論人）

酒鬼兀鵬輝最早的活動中心是原來的中央美術學院，他在進門的一角開了一家很小的書店「自由交流書店」，說是書店，藏書量還沒有我家多，但倒是有很多奇怪的藝術書、展覽海報、宣傳品出現在那裡。那時的「自由交流書店」實際上是兀鵬輝和朋友們喝酒聊天的地方，我、顏峻、尹麗川等都曾經在那裡和老兀一人拿一瓶啤酒對當代藝術胡言亂語。我想兀鵬輝最初的藝術評論天賦就是在那時萌芽的。後來美術學院搬家，沒有留給書店的位置，老兀索性把書店搬到了剛熱鬧起來的後海，但是後海的藝術青年基本不看書，書店裡只有那些電影海報和明信片賣得出去，老兀繼續和顧客喝酒直到書店結業。現在書店搬到了藝術中心798工廠，名為「有讀」，舉辦了許多成功的畫展，兀鵬輝也成了著名藝術評論人，每月寫三四篇藝術評論文章，嬉笑怒罵，比許多溫溫吞吞的吹捧文章過癮得多。

吳吞（舌頭樂隊主唱）

攝於雲南玉龍雪山下。2002年8月在玉龍雪山腳下舉行的三天三夜雪山音樂節是號稱中國有史最大型的搖滾音樂會，幾乎是如此，峭拔幽藍的雪山爲背景、廣闊的甘海子草原爲舞臺，以崔健領軍的浩浩蕩蕩三十多支樂隊表演，這一切都是最屬害的。舌頭樂隊是其中最優秀的樂隊，那天他們唱出了他們最好的也是最後的一首歌：〈媽媽，一起飛吧！〉吳吞的低沈咆哮和小龍直接又複雜的吉他把雪山下權充舞池的甘海子變成了一個巨大的音場，黑暗中我們屏息靜氣，聽吳吞念咒似的喃喃：「媽媽，一起飛吧！媽媽，一起搖滾吧！」煙霧在我們身邊繚繞，我們彷彿眞的飛了起來。

小河（美好藥店樂隊主唱）

他留著日本河童式的頭髮，總是唱著接近無意義的歌詞，像什麼「咪咪，妞妞，疙瘩，黑子，聽說馬龍，魚頭魚尾，碰三逢四，就張大了嘴。」之類的，經他神經質的嘴巴唱出，卻有神秘的魅力。美好藥店和另兩支樂隊「廢墟」和「木推瓜」組成了一個叫「麻音樂」的獨立廠牌，出的第一張CD《被侮辱的姿勢》裡的第一首歌，就是這首〈馬龍〉。後來他們在瀕臨解散前出版了唯一一張專輯《請給我放大一張表妹的照片》，名字之怪可比美小河的個人專輯：《飛的高的鳥不落在跑不快的牛的背上》，其實前者是八十年代大陸流行的南斯拉夫電影《保衛薩拉熱窩》裡游擊隊的暗號。

易力（藝術家）

他一直生活在郊外的郊外，像野孩子一樣養狗、玩鬧，偶爾帶著一些小小的裝置藝術品出現在友誼性質的展覽中。他尋找北京每一個奇怪的、能捉迷藏的角落，「神州愛犬樂園」就是他的發現。他越走越遠，現在索性去了馬來西亞學習環境藝術。

楊一（民謠歌手）

「真理姑娘一十八，就在家裡不出門，人人就愛壞了她……」美術館重建好，老楊一又在大街上扯響了他的破嗓門。今年已經是他在北京賣唱的第十三年了吧？當年混跡北京大學、圓明園藝術村，被員警趕得東躲西藏的那個賣藝小青年，現在已經出過專輯、出國參加過多個藝術節表演，並被好事者誇譽成「中國的Bob Dylan」，他在美術館門外那張小板凳，也再不會被人沒收。還好，老楊一並沒有因此升堂入室，他從柏林、香港回來以後，又去了陝西采風，然後又住回北京後海的胡同，喝酒、寫歌，一待美術館重開他還是靠賣唱、賣自己做的CD為生。楊一的歌的確師承早期Bob Dylan，木吉他、口風琴加上質樸又銳利的歌詞，控訴或惋惜著中國現實的方方面面，像〈烤白薯〉、〈樣樣幹〉等歌所唱。

渣巴（畫家）

「渣巴」即安徽農村土話：土泥塊的意思，在北京，有一個獨來獨往的畫家／詩人用它來作名字。渣巴也許是最後一個留居在香山村子居住的藝術家，別的人要不出了小名要不發了小財，都紛紛離開他們曾經隱居的院子，只有渣巴仍然自得其樂，采菊東籬下，悠然見香山。渣巴的固執使他的作品也與眾不同，在北京畫家紛紛選擇流行的具像波普或多媒介裝置來表現自己時，渣巴還在堅持畫他那些深受培根影響的模糊肉體；在北京詩人紛紛敘事和開著形而下玩笑的時候，渣巴卻嚴格操作著他的「最高虛構」，堅持在語言和想像力上的實驗。他最有想像力的是他的小說，要麼虛構一個美國華人畫家的回憶錄，回憶他父親的神秘照相館；要麼是虛構的藝術家訪談錄，描述一台能攝影到風的軌跡的機器。總之，都是關於渣巴那些不可能的理想主義的，因為不可能，所以美麗。

尹麗川（詩人，圖左）和阿美（小說家）

尹麗川變了，某天下午當我坐在尹麗川陽光異常燦爛的房間和她聊天的時候，我突然覺得有點不對勁——那就是以前我見到她幾乎總是在晚上、酒吧中，沒有看過陽光中的她。尹麗川在九九年以一系列張揚女性主義和「身體寫作」的文章上位，並加入一個相當聳人聽聞的團體「下半身」，一下子成了大陸女性性文學的急先鋒；但尹麗川之所以還是一個真正的作家，在於她的小說有人生觀，她寫的女人，不只是聲色玩物，也有很多獨立的、驕傲的、辛酸的或明亮的真本性。如果她能徹底擺脫「美女作家」這個庸俗的標籤，她將能在她的幻影過去中找到更多有利於寫作的真實硬核。

阿美寫愛情小說，但她的愛情殘酷、粗糙——一點也不美。她冷靜的筆直接指呈女性自身的虛偽、自欺，和男性的愚蠢、自私。你看著生活在她的小說中如此形而下地裸露著，而你知道生活就是這麼寒磣的——於是在這刻薄的嘲諷之後你感到巨大的淒酸。

祖咒（搖滾音樂家，圖左）和顏峻（樂評人、詩人，音樂家）

祖咒並不是「詛咒」，雖然他早期的歌曲是有著詛咒的味道，他的全名是「左小祖咒」，這個名字主要出現在他的半自傳體小說〈狂犬吠墓〉上。從〈走失的主人〉到〈廟會之旅〉到現在的〈我不能悲傷地坐在你身旁〉，祖咒完成了從一個單純的後龐克到一個實驗音樂家的轉變，他野獸式的野蠻、Tom Waits式的憂鬱、馬戲團魔術師般的虛偽……都顯得和中國當代藝術有點格格不入，但是卻構成了祖咒的魅力的全部。祖咒現在的音樂要不是乾淨俐落，就是洶湧澎湃，龐大的噪音織成的網卻有著清楚的結構。祖咒的文字造詣也很好，歌詞有著同代搖滾人嚴重缺乏的自我反諷能力和懷疑精神，他關於青年古怪的欲望和新興中國的尷尬有絕妙的說法，縱是刺耳，我們也得掩著耳朵聽下去。

顏峻現在好像已經不用我多介紹了，他作為一個「酷評」的發明者、舉足輕重的搖滾樂評人、活動搞手、實驗音樂家等身分已經名滿海內外。他的評論文章實在寫得精彩、猛烈，事關他是一個有立場又有專業水平的憤怒者和狂想者，沒有憤怒和想像力的批評只等同於調侃而已；而他極其旺盛的活動精力也教人佩服。但是我最認同的當然是他的詩人身分，現在多少已經被遺忘了。

張楚（音樂家、作家，圖右）

他那首〈姐姐〉唱得街知巷聞，道盡這一代男子的弟弟情結、弒父情結；〈孤獨的人是可恥的〉成了多少孤獨者自我安慰、自我解嘲和自憐的背景音樂。詩寫完、歌唱完，聽說，張楚現在在寫小說。

國家圖書館出版品預行編目資料

我們在此撤離，只留下光／廖偉棠著.-- 初版.-- 臺北市：
大塊文化，2007 [民 96]　　面：　　公分.-- (catch ; 130)
ISBN　978-986-7059-80-2 (平裝)

855　　　　　　　　96006255

10550　台北市南京東路四段25號11樓

大塊文化出版股份有限公司　收

地址：□□□□□ ＿＿＿＿＿市／縣＿＿＿＿＿鄉／鎮／市／區
＿＿＿＿＿＿路／街＿＿＿段＿＿＿巷＿＿＿弄＿＿＿號＿＿＿樓

編號：CA130　書名：我們在此撤離，只留下光

姓名：＿＿＿＿＿＿＿＿＿＿＿＿＿＿　性別：□男　□女

出生日期：＿＿＿年＿＿＿月＿＿＿日　聯絡電話：＿＿＿＿＿＿＿＿＿

E-mail：＿＿＿＿＿＿＿＿＿＿＿＿＿＿＿＿＿＿＿＿＿＿＿＿＿

從何處得知本書：1.□書店　2.□網路　3.□大塊電子報　4.□報紙　5.□雜誌
　　　　　　　　6.□電視　7.□他人推薦　8.□廣播　9.□其他

您對本書的評價：
（請填代號　1.非常滿意　2.滿意　3.普通　4.不滿意　5.非常不滿意）
書名＿＿＿＿　內容＿＿＿＿　封面設計＿＿＿＿　版面編排＿＿＿＿　紙張質感＿＿＿

對我們的建議：＿＿＿＿＿＿＿＿＿＿＿＿＿＿＿＿＿＿＿＿＿
＿＿＿＿＿＿＿＿＿＿＿＿＿＿＿＿＿＿＿＿＿＿＿＿＿＿＿＿＿
＿＿＿＿＿＿＿＿＿＿＿＿＿＿＿＿＿＿＿＿＿＿＿＿＿＿＿＿＿
＿＿＿＿＿＿＿＿＿＿＿＿＿＿＿＿＿＿＿＿＿＿＿＿＿＿＿＿＿
＿＿＿＿＿＿＿＿＿＿＿＿＿＿＿＿＿＿＿＿＿＿＿＿＿＿＿＿＿